JN062302

公爵令嬢は我が道を
場当たり的に行く
3

ルチアーナ・
アメーティス
アメーティス王国王女。しかしマリーベルと同じく転生者であり、元・乙ゲープレイヤーでエリィたちの国へ、聖地巡礼を熱望している。
マリーベル・
フローライト
エリィと同じ世界からの転生者。元となったゲームではヒロインの座についていた。自他ともに認める自由奔放なアホの子。
レオナルド・
フランシス・
ベルクレイン
王太子にして、エリィの婚約者。非常に聡明、且つ常識人。エリィを溺愛しているという噂になったり、幼女趣味疑惑をかけられたりしている。愛称はレオン。
エリザベス・
マクナガン
転生者だが、その記憶には今いる世界の情報が何もない。ならば普通に、あるがままに生きるしかあるまいよ、と開き直り肚を括る。愛称はエリィ。

登場人物紹介
characters
ロバート・アリスト
若くしてアリスト公爵家当主に就く秀才。レオンの側近を務めており、超が付くほどの効率厨。
ヘンドリック・オーチャード
オーチャード侯爵家嫡男で、レオンの従兄。ロバートと同じくレオンの側近を務めていて、人当たりも良い常識人。
エドアルド・アリスト
アリスト公爵家当主ロバートの弟。優秀な兄と問題児の妹に挟まれ、逆に温厚で、多少事なかれ主義な性格に育った。
エルリック・マクナガン
マクナガン公爵家長男であり、エリィの兄。妹に対して度が過ぎる溺愛をしており、周囲から『クソ虫』と呼ばれている。

公爵令嬢は我が道を場当たり的に行く 3

目次

第1話 検証！ この世界は本当に乙ゲーとは無関係なのか!?

学院の二年生のある日、マリーさんが真剣な表情で「お話ししたい事があるのですが……」と言ってきた。なので我が家へマリーさんをご招待する事にした。何故なら、マリーさんが「出来たら誰にも聞かれない場所で、ゆっくりお話がしたいんです」と言ったからだ。

ていうか、それってつまり、『誰にも聞かれたくない話』がしたい、って事だよね？ え、怖い。何の話？

ちょっと怯えてしまった私に、マリーさんはこそっと「例の乙ゲーについてのお話です」と言ってきた。

ああ、成程。それは確かに、余り他人に聞かせたいものじゃないわ。

そんなこんなで、学院がお休みの週末、相も変わらず緊張でガッチガチのマリーさんをお迎えした。……そろそろ慣れないモンかね？

あ、因(ちな)みに殿下は現在、ご公務で国外へ出ておられます。こちらも相変わらず、出る直前まで「行きたくない」を連発されておりました。……まあ今回の「行きたくない」は、気持ちは痛いくらいに分かる。なぜならあちらの国の王女様が、殿下に物凄くご執心なのだ。

殿下がどれ程素気無(すげな)くあしらっても、それでも数分後にはケロッと忘れたように殿下に纏(まと)わりついてくるという、非常にガッツ溢れるお姫様だ。「こういう事態を避ける為にも、早い時期に婚約者を選定したというのに……」と、殿下が疲れた表情で遠くをご覧になりながら溜息をついておられた。おいたわしや……。


　緊張でガッチガチのマリーさんを、我が家の一室へと通し、お茶やおやつを用意してもらい、人払いもすませた。

「……で、マリーさんの『話したい事』というのは……？」

　尋ねた私に、マリーさんはお茶を一口飲もうとして「あっつ‼」と小さく言った後、結局お茶は飲まずにカップをテーブルに戻した。……そりゃ、熱いだろうよ。淹れたてだもの。

「エリザベス様が推理された『この世界は乙ゲーの元ネタ』説なのですが、確かにガッテンはいきますし、納得も出来ます」

「はい」

　というか、『合点（がてん）がいく』ではダメなのだろうか。わざわざ『ガッテンが』と言う必要はあるのだろうか……。頭の中でまた、パネラーの皆様が『ガッテン、ガッテン！』と言い出してしまったではないか。

「納得は出来るのですけれど……、私は！　確証が！　欲しいのです‼」

　握った拳をぶんぶんと振りながら、マリーさんは言うが。

「……そんな、『必ず！　犯人（ホシ）を！　挙げる！』みたいに言われましても……」

「必ず！　ホシを！　挙げ――」

「いえ、言わなくて大丈夫ですから」

遮ったら、マリーさんがえらい不満そうに頬を膨らませた。……いや、言わなくていいから、マジで。

マリーさんはぷくーっと膨らませていた頬を、自分の両手で押して空気を抜くと、今度は溜息をついた。

「以前もお話ししましたが、『乙ゲー期間』は私が十五歳の一年間なのです。ですので、今年が私にとっては『魔の一年間』となるんです……」

魔の……。

そんなにイヤかね、乙ゲーヒロイン。お相手は（脳筋以外なら）全員、玉の輿だというのに。いや、アルフォンスの場合はほぼ同格くらいか？　アルフォンスの実家、伯爵家だし。本人、次男だから、ほぼ関係ないけども。

でも、『乙ゲー期間』に入ったって言ってもさぁ……。

「そもそも、通っている学校からして、『乙ゲー学園』ではないのですから、大丈夫なのでは？」

マリーさんの乙ゲー知識によれば、『乙ゲー学園』はコックフォード学園だ。私たちの通うスタインフォード学院ではない。

「乙ゲー学園じゃないのに、攻略対象の方が二人もいらっしゃるじゃないですか！　しかもメイン攻略対象の王太子殿下がいらっしゃるなんて！」

「……殿下がコックフォードに居る方が驚きですが」

「それはそうなんですけど、殿下が学校に通われるとか、完全に私の想定外ですよ！」

それは確かにそうかも。私もちょっと驚いたし。

「実は『乙ゲー的強制力』みたいのがあって、今年から殿下のＩＱが急激に低下するとかあるかもしれないじゃないですか！」

「ある……でしょうか……？」

ないと思うけども。

ていうか、殿下のＩＱが急激に低下なんかしちゃったら、国を挙げての大問題に発展すると思う。殿下の処理能力ありきで予定組んでるところとかもあるし。

「と言いますか、『ゲームの殿下』は、そんなにＩＱが低そうな感じなのでしょうか……？」

メインヒーローでしょ？　メインヒーローって大抵、ハイスペ男子とかなんじゃないの？　乙ゲー、プレイしないから分かんないけど。

「ＩＱが低いといいますか……、全部のスペックが現実の殿下を下回ってる感じですかね？」

「……メインヒーロー、それでいいんですか？」

「それがいいんですよ！」

ぐっと拳を握るマリーさん。

「現実の殿下のあのスーパーハイスペ感、近寄れる気もしないじゃないですか！　殿下に対して『親しみ』とか、畏（おそ）れ多くて感じられませんよ！」

「ええ……」

殿下、『親しみ』がないとか言われてますよ……。

「私みたいな薄っすらアホの子の香りのする女子とか、半径一メートル以内に入っただけで窒息しそうじゃないですか！」

薄っすらアホの子の香り……。

「……マリーさん、ご自分で言ってて悲しくなりませんか……？」

「なりません！　何故なら、そこが私の良いところなので！」

うむ。清々しい前向きさ。マリーさんのそういうとこ、ホント好きだわ。

そんな『薄っすらアホの子』のマリーさんは、お茶を今度はちゃんと一口飲むと、小さく息を吐きつつカップをテーブルに戻した。

「殿下とアルフォンス様はまだいいんです。私が恐れているのは、シナリオ的にもキャラ的にも特に好きじゃなかった攻略対象の方々です」

「ああ……」

それは確かに怖いわ。

特に好きでもない相手から向けられる一方的な好意は、確かにちょっと気持ちが悪い。

「現状、全く接点はありませんけど、この先も大丈夫なのかは分からないじゃないですか」

「確かに、それはそうですね」

「『強制力』的なサムシングによって、彼らがスタインフォードに入学してくるような事になったら……」

そんな事、あるかなぁ？

でもマリーさん、真剣に怯えてるみたいだしなぁ。ちょっと考えてみるか。

「強制力云々は分かりませんが、学院が『乙ゲー学園化』するのが怖い、という事ですよね？」

「はい。七つ集めると願いを叶える球みたいに、『攻略対象を七人全員集めると自動的に乙ゲーが始まる』とかあるかもしれないじゃないですか」

……ないと思うわ。ていうか、それ、どういうシステムよ？

マリーさんは「攻略対象も『七』だなんて、何たる偶然‼」とかショック受けてるけど……。

でも龍の球が七つ集まらない限り願いを叶える龍が出てくる事がないように、『攻略対象を全員一堂に集める』事が出来ない限り乙ゲーが始まらないのだとしたら、『乙ゲーは永遠に始まらない』と断言できる。

「何故、断言できるのですか⁉　七人集まったら、伝説の龍が出てくるかもしれないのに！」

いや、話変わっとる‼

「……龍が出てきたなら、ギャルのパンティーでも貰っておけば良いのでは？」

「そんなの、わざわざ貰わなくても、タンスの中に山ほど入ってます！」

……でしょうね。マリーさんが『ギャル』かどうかは、この際置いておくとして。

「いえ！『山ほど』は言い過ぎました。盛りました。『山』だけに！」

……そんなの誰も聞いとらんが。

そしてマリーさん、そのドヤ顔はやめてくれ。何で「上手い事言うたった」みたいな顔してんの……。

「まあ、龍はさて置いて。『七人全員が集まる』というのは、絶対に無理なんです」

「だから、何でですか？　敵対勢力が妨害とかしてくるんですか？」

誰だよ、『敵対勢力』。赤いリボンの人造人間とかか？

「そうではありません。そうではなく、その『攻略対象』の中に、私の兄が入っているからです」

「え？　それが何で、『絶対に無理』なんですか？」

「兄は事実上、死んだようなものだからです」

私が言うと、マリーさんは「え⁉」とひどく驚いた顔をした。

いや、生きてるけどもさ。病気したとかも聞かないから、多分スゲー元気なんだろうけどもさ。別に知りたいとも思わないから、兄が元気かどうか分かんないけど。……でもあの人、私の記憶にある限り、病気した事ないな……。『ナントカは風邪引かない』の『ナントカ』なのかな。いや違うな。多分『ド変態』という不治の病が強すぎて、他の病気が寄り付かないだけだな。

さて、ここで一旦、我が兄・エルリックの現状をおさらいしてみよう。

兄は現在、領地に軟禁……というか、隔離されている。兄に課した領地の改革が終了するまでは、兄は領地から出る事が叶わない。そして我が家は、社交などを一切しない。それを王家も了承している。なので我が家には、夜会や茶会などの社交のお誘いが一切かからない。そしてもしも誘われたとしても、あの兄であれば絶対にそんなものに参加しない。何故なら、興味がないし、面倒くさいから。

因みに、兄に課した領地の改革だが、進捗が二割を超える度に課題が増えるという、地獄みたいな作業になっている。これは、お父様が進捗状況を見て、そこそこ進んだな……という頃合いで『やってもやらなくても良いから放置していた作業』をぽいぽいと兄に放り投げているからだ。そしてそれら事業を兄に放り投げる際、私から「これらをお兄様にお願いしたいのです」という一筆を添える。すると兄は「私のエリィがそう言うのなら！」と大輪の花のような笑顔で張り切って動き出すそうだ。……キモい。

そんなこんなで、兄に任せている仕事は、減るどころか増える一方で、まだあと数年は余裕で足止め出来る。ついでに殿下も、「この事業をマクナガン公爵家に任せたいのだが……」と、時折『面倒なだけで特に実のない計画』を放り投げてくれる。有難い。

「兄には領地の改革という仕事を任せておりまして、兄はあと数年は領地での生活を余儀なくされています。学院に通う暇などないのです」

正確には『学院に通う暇をなくさせた』のだが、それは我が家の問題なので、マリーさんにお話しする事ではない。

ついでに、学院の入試に合格もしていて、本来であれば私たちと同期生であったとか、そんな事情もお話しする気はない。

……でもアレだな。兄がもしクソ虫じゃなくて普通の人だったなら、学院に乙ゲー攻略対象がもう一人増えてた事になんのか……。

まあ、現実はクソ虫なんだけどね！　フッツーのシスコン（というのも、どういうものなのかよく分からんが）の『ゲームのエルリック』で居て欲しかったね！

ていうか……。

「マリーさん」

「ふぁい？　どうされました？」

……口にモノ入れたまま返事するの、やめよう？　ていうかまず、口いっぱいに頬張るの、やめようか。

そう注意すると、マリーさんは頬張っていたスコーンをお茶で流し込み、ふっと小さく息を吐いた。

「違うんです！　このスコーンが美味し過ぎたんです！」

何がどう『違う』のか。

「美味しさは、罪……」

両手でスコーンを捧げ持ち、うっとりとそれを見つめるマリーさん。

もう突っ込む台詞も浮かばない。

なので話を続けさせてもらおう。

「こういう『乙ゲー転生モノ』の小説なんかですと、『攻略対象を自分好みに教育する』的な展開のものなんかもありますよね？」

「ありまふね」

「……口に物を入れたまま話すなと――」

「もう飲み込みました！」

……言い訳が小学生なのよ。そこはかとなく、小学生男子のテイストを感じるのよ……。まあいいか。良くないけど。

「そういった展開のあるお話で、『現実の攻略対象のスペックが、ゲームを下回る』という事はあるでしょうか……？」

いや、兄はスペック自体は高いか。『人間性』という部分が斜め下方向に突き抜けているだけで。

マリーさんは私の言葉に暫く考えると、手に持っていたスコーンをまずむしゃむしゃと食べきった。そして時間をかけて咀嚼しお茶を飲むと、私を真っ直ぐに見てきた。

「スコーン、美味しいです」

「……それは何よりです」

だが、そうじゃない。私の聞きたい話は、そんな事じゃない。

「『ざまぁ』展開なんかのあるお話だと、あったりしますよね。ゲームしてて『いや、ないわー……』て思ってた攻略対象が、現実だと更に『ないわー……』てなってる、みたいな」

「ああ……」

確かに。

……誰か、あの兄にドギツイ『ざまぁ』食らわしてくんないかな……。いや、『領地に軟禁』は、充分にざまぁ的要素なのか？

……まあ、兄の話はさて置いて、だ。

「攻略対象の方々と、『ゲーム通りの展開』にならなければいい訳ですよね?」

要するに、マリーさんが恐れているのはそういう事なのだろう。

それにマリーさんは頷いた。

「はい。私は伯爵令嬢で充分なんです。王太子妃だとか、公爵夫人だとか、侯爵夫人だとかには、これっぽっちもなりたくなんてないんです」

「『王太子妃』は、まあ……、『フローライト伯爵家』でしたら、お声はかからないでしょうね」

「吹けば飛ぶような弱小貴族ですしね!」

めっちゃイイ笑顔で言うじゃん……。

でも、そうではない。

「家格の高低は問題ではありません。そうではなく、マリーさんのお家の商会が王家と近親になる事により、国内の『大手商会』の勢力図が変わってしまう可能性があるからです」

私が婚約者として選ばれた理由が、『可もなく不可もなく』だ。なのでマリーさんがどうこうではなく、商売を営んでいて、それがメインの収入源になっているような家は、それだけで除外される。

私の説明を、マリーさんは「ほぉ~……」などと言いつつ聞いているが、本当に分かっているのだろうか。……まあ、分かっていなくても大した問題はないのだが。

「と言いますか……、その例の乙ゲーでは、それぞれの攻略対象のエンディングで、ヒロインが輿入れしていたりするんですか?」

「あー……」

私の質問に、マリーさんは少々考えるように視線を上向かせた。そしてそれを戻すと、私を見て軽く首を傾げた。

「してない、ですね。いや、してるのかもしれませんけど、はっきりと文章でそう書かれていた訳じゃないですね」

マリーさんの説明によると、『一年間』のゲーム期間内で、ヒロインは攻略対象と恋愛関係になる。ゲームは一定期間の経過、または『恋愛の成就』で終了だ。そしてきちんとグッドエンドに到達していた場合、エンディングのスタッフロールの最後に一枚絵（スチル）が登場するらしい。

王太子ルートであれば、城のバルコニーらしき場所に並んで立つ二人。ロバート・アリスト公爵閣下であれば、マリーさん曰く「なんか豪華な庭園？　っぽい所だったんで、多分アリスト公爵邸なんじゃないかと思います。……公爵様のお邸なんですから、豪華なお庭くらいありますよね？」という場所で、お茶をする二人。ヘンドリック・オーチャード侯爵令息であれば、「なんかどっかの原っぱ？　で、ピクニック？」らしい。

「……ヘンドリック様、何かおかしくないですか……？」

どうして侯爵令息などという高位の貴族令息が、『どっかの原っぱ』で『ピクニック』なんだ。

「いえ、そういうキャラなんです。高位の貴族令息だけどアウトロー、的な」

アウトロー……。なんてヘンドリック様に不似合いな言葉だろうか……。

実際のヘンドリック様は、とても人当たりも良く、いつも笑顔を絶やさない朗らかな方だ。アウトローどころか実際は、王妃陛下の甥で殿下の従兄だけあり、礼儀作法なんかはものすごくしっかりしているし、規律を侵すような事はしない。

殿下と側近の方々は、バッキリと二種類に分かれる。殿下・ロバート閣下の『完全無欠のエリート』チームと、ヘンドリック様・ポールさんの『ギスギスするより、笑顔で行こうよ』チームだ。その因みに、殿下とロバート閣下は、人間関係がギスギスしていてもさして気にしないタイプだ。その『ギスギス』の原因を、冷静に分析しちゃうタイプだ。こういう人らが介入してしまうと、ギスギスしている人たちは余計に逆上したりする場合もある。そこをヘンドリック様やポールさんが笑顔で取り持つのだ。

そんなヘンドリック様には以前、苦笑いで「エリザベス様はレオンを怖いと思った事はありませんか?」と尋ねられた事がある。「別にない」と答えたところ、とても安心したように笑ってらした。……めっちゃええ人や……と思った。

まあ、それはさておき。

「では、エンディングでは、ヒロインがその後どうなったか……というのは、明言はされていないんですね?」

「されてなかったと思います」

それが? と首を傾げたマリーさんに、私は思った事を素直に告げてみた。

「十代の恋愛が、そんなに長続きするものでしょうか?」

「……と、言いますと……?」

「エンディングはあくまで『直近の未来』であって、もしかしたらエンディング後、二人は破局したりもするんじゃないかと……」

「夢がない‼」

マリーさんがショックを受けたように叫び、頭を抱えて項垂れてしまった。申し訳ない。

けれど現実として、恋愛と結婚は別物だ。日本でもそうであるが、この世界では日本よりさらに『家柄』というものが大きくものを言う。

伯爵令嬢であるヒロインが、何の覚悟もなしに王太子妃や公爵夫人などになれるものだろうか。しかもその二種であれば『完全無欠のエリート』組の妻だ。マリーさん曰く『大人しい、目立たない私』であるヒロインに務まるだろうか。

……『マクナガン公爵夫人』という道もゲーム中にはありそうだが、現実のそのルートは絶賛通行止めだ。いや、マリーさんがもし、あのド変態クソ虫の妻になってくれると言うのであれば、熨斗どころか公爵家の財産全てを付けて差し上げても構わない。何ならフローライト伯爵家に婿養子として差し出しても良い。その場合、何があろうと返品は受け付けない。責任をもって、最期まで面倒を見ていただきたい。

「あー……、でも『破局』、あってもおかしくはないですよね……」

ヨロヨロと顔を上げつつ言ったマリーさんに、私は頷いた。

「エンディングが『遠い未来』を描いていないのであれば、その可能性も考えられるのでは……と」

「夢が……ない……」

「現実とは、世知辛いものですから」

「ゲームに現実を持ち込むのはナンセンスです！」

拳を握って言うマリーさんに、思わず頷いてしまう。

「それはその通りです。ただ今は、『もしもこの世界が乙ゲー世界だった場合』の話として、そう言ってみただけですので」

ゲームだけでなくマンガなどでも、『書かれていない最終回の先』は誰にも分からない。最終回がハッピーエンドならば、「この人たちはきっと、この先も幸せに暮らすんだろう」と考えるのが普通だろう。

けれど、だ。

今の私たちのように『ゲームの世界に転生』などという場合、ゲームに描かれている期間の以前・以後という『人生』が存在する。

そして今問題となるのは、『ゲーム以後』ヒロインは果たして『幸せ』になれるのか、という点だ。

マリーさんは暫く何か考える風に黙ると、ややして僅かに嫌そうに眉を寄せた。

「そう考えると、エンディング後ヒロインが『ほのぼのハッピーライフ』を送れそうな攻略対象って、限られてきません……？」

「『ほのぼのハッピーライフ』の定義にもよりそうですけれど」

「王太子妃に『ほのぼの』感ってあるんですか⁉」

詰め寄る勢いでマリーさんは言うが……。

「私はそれほど、ギスギスして見えるんでしょうか……？」

エリちゃん結構、好き勝手に生きてるつもりなんだけどな。……いやまあ、『未来の王太子妃として』やるべき事ってのは山ほどあるけども。それでも、それなりに毎日楽しく生きてるんだけどな。

そんな風に思っていたら、マリーさんが慌てたように手をぶんぶんと振りつつ言った。

「いえ、そうは見えないんですけども！　でもそれも、エリザベス様のスペックあってこそな部分があるじゃないですか！　私のスペックじゃ、ギリギリでいつも生きていく感じになると思うんです！」

「リアルを手に入れればいいじゃないですか」

「無茶を言う‼」

いや、マリーさん、謎のガッツがめっちゃあるから、それ程の無茶でもない気がするよ？

「『ほのぼのハッピーライフ』が可能そうな攻略対象は……」

言いつつ、マリーさんは持ってきていたバッグをごそごそ漁り出した。

何が出てくるかと思ったら、以前、マリーさんが攻略対象を書き出してくれたレポート用紙だった。それを私にも見えるように、テーブルに広げてくれる。

おさらいするが、攻略対象は我らが神・王太子レオナルド殿下、ロバート・アリスト公爵閣下、クソ虫、ヘンドリック・オーチャード侯爵令息、マンゴーじゃない方の護衛騎士、インケン眼鏡、脳筋の七人だ（爵位順）。

　レポート用紙を睨んでいたマリーさんが、またしても難しそうな顔で思い切り眉を寄せた。

「マリーさん？　どうかしましたか？」

「あ、いや……。……今、レポート用紙見て思い出しました。二週間後が期限のレポート、まだ手を付けてなかったな……と」

　課題、早めにやっときなよ！　経済学のケインズ先生が、マリーさんの事めっちゃ心配してたから！

「いえ、今は課題の話はどうでもいいんです！」

　あんまり良くないけどね‼

「この先、乙ゲー展開があるか否かに、私の人生がかかってるんですから！」

「……目先の単位も、マリーさんの人生に大きく影響するかと思うのですが……」

「それはそれです‼」

　ぐっと拳を握って言い切るマリーさん。

　……もしかしなくても、レポート、ホントに何にも手を付けてないね……？

「学院は六年までは在籍できますから！」

　そりゃそうだけども。留年する気、満々なのもどうかと……。

　とりあえず、マリーさんがテーブルに広げたレポート用紙に視線を落とす。……マリーさんの『課題未提出』発言のおかげで、レポート用紙に印刷されている校章にばかり目が行ってしまうが……。

『ほのぼのハッピーライフ』ねえ……。

「まず、現時点で婚約が決まっている殿下とヘンドリック様は、『攻略対象』からは除外となりますね」

「殿下がどっかのパーティーとかで婚約破棄なんてやったら、すんごいビックリしますしね……」

うんうんと頷くマリーさんに、私も頷く。

「というか、『すんごいビックリ』じゃ済まないでしょうね」

「ですよねえ……」

殿下がそんなご乱心あそばされたなら、本当に城中が大騒ぎになってしまう。

「そもそも、私と殿下の婚約は政略ではありますが、それ自体『殿下がご自身で考え選ばれた』ものです。それを、殿下がひっくり返す……という事は、まずあり得ません」

「あー……。そういえば、ああいう『婚約破棄』展開のあるお話って、大抵が『親が決めた婚約者』とか、『国が決めた』とか、そういう場合ですしねー」

「そうですね」

でも、あの展開に出てくる王子なら、自分で決めといて「やっぱお前キライ」とかで破棄しそうでもあるけど。

しかし我らが殿下に限って、それはないと断言できる。破棄などをするリスクやデメリットより、このまま婚姻するメリットの方が断然大きい。そんな簡単な計算が出来ない方ではない。

そして、それが国益に繋がるのであれば、殿下はご自身の感情なんかは後回しに出来る方だ。

そういった割り切りを『恐ろしい』と感じるご令嬢も多いようだが、私としては逆に、そこをきっちりと割り切っていてくれる方が分かりが良くてありがたい。

以前、殿下ご本人にもそういう事を言った事がある。すると殿下は、めっちゃ甘ぁ〜い笑顔で「だから私は君が好きなんだ」と仰ってくれた。光栄ですが、殿下の『甘々スイッチ』がどこで入るかが分かんなくて、エリちゃんはちょっと困惑ですよ……。

「……そういえばなんですけど……」

マリーさんが何かに気付いたように、軽く首を傾げつつこちらを見た。

「殿下って、誰かを呼び止める時に『おい』って言います？」

「……いえ、聞いた事がありませんが」

多分、一回も聞いた事がないと思う。「おい」なんていうぞんざいな呼びかけをするくらいだから、相当下の身分の人を呼ぶ時なんだろうけど……。お城の侍女さんや侍従さんたちは、呼ばなくても目線で合図を送るだけで気付いてくれる人々だし。護衛騎士を呼ぶ時は、殿下はきちんと彼らの名前を呼ぶし。

「じゃあ、『お前』とかは……？」

「側近の方々や、護衛騎士の方々を呼ぶ時は、たまに仰せになりますね」

「エリザベス様に対しては？」

「ありません」

これは断言できる。ない。一度たりともない。

殿下が私を呼ぶ時は『エリィ』か『君』だ。初対面から暫くの間は確か、『貴女（あなた）』と呼ばれていた。

殿下が『お前』と呼ぶ相手は、親しい間柄の同性と、妹殿下お二人だけだ。

というか、この質問は何なのだろう。そう思っていると、マリーさんがやはり首を傾げた。

「やっぱ、そうですよねえ……。殿下が女の子に対して『お前』とか言うの、想像できませんもんねえ……」

言ってから、マリーさんはふぅっと溜息をついた。

「やっぱ、大分印象が違うんですよねえ。ゲームの殿下と現実の殿下」

「もしや……、ゲームの殿下は、ヒロインを『おい』とか『お前』とか呼ぶんですか……？」

「ゴリゴリに」

深く頷くマリーさんに、私は思わず「えぇ……」と呟いてしまった。

「いや、ゲームの殿下、俺様キャラなんで。口調なんかも大分、現実の殿下とは違うんですよ。ヒロインに『お前は面白いヤツだな。ハハッ』とか言う感じの……」

「最後の『ハハッ』は、ネズミ国の王様のイメージで大丈夫でしょうか？」

「かなり大丈夫じゃないですね」

うむ、と頷くマリーさん。そっか……。大丈夫じゃないのか……。

「『ヤツ』という言葉も、殿下からは聞いた事がない……と思います」

「ですよね。殿下、言わなそうですもん」

うん。

あとちょっと気付いたけど、多分私、殿下が声を立てて笑うところも見た事ないわ。別に『笑わない人』って訳じゃないけど、声を立てて大笑いとかはしないもんな……。


「そもそもなのですけれど……」

マリーさんが広げているレポート用紙を眺めていて、気付いた事がある。

「それぞれの攻略対象との出会いが、ヒロインが学園に入学した時とかなんですよね？」

「そうですね。……まあ一部、『ゲーム開始から数週間後』とかにならないと出てこないキャラも居ますけど」

「ならばもう、『ゲーム展開の再現』は無理なのでは？　マリーさん、既に二年生なのですし……」

「オゥ、ジーザス……！」

え、何、そのリアクション……。もしかしてマリーさん、そこに気付いてなかったとか？　ていうか、何でいきなり欧米風なの？

「いや、でも！」

天を仰いでいたマリーさんは、気を取り直したようにこちらに身体を乗り出してきた。

「『入学式の日』じゃなくても、『出会いイベント』は起こせるかもしれないじゃないですか！」

「まあ……、それは確かに」

要は、同じような展開の出来事さえ起これば、それが『出会いイベント』として機能するのだ。

「因みに、殿下の『出会いイベント』って、どのようなものなのでしょうか？」

「殿下はですね、入学式の後、ヒロインが校舎内で迷っちゃうんですよ」

「何故？」

「え⁉　何故⁉」

マリーさんには驚かれてしまったが……。

「入学式の後、ですよね？　普通、そのまま真っ直ぐ帰りませんか？　私たちの場合、校舎の見取り図もいただいていましたし、教室から玄関までの順路もきちんと案内されてましたし……」

私たちが入学したスタインフォード学院の入学式は、教室のある校舎とは別の講堂で行われた。が、学院の敷地内には、とても分かり易い立て看板が点在していた。あれを普通に辿って（たど）いけば、大抵の人が迷う事なく講堂へ辿り着ける。

式が終わった後は校舎へ移動したが、校舎内にも案内図があった。迷う余地はなかったのだが、まあ乙ゲー学園の事だ。恐らく複雑な造りになっていて、迷うような構造になっているのだろう。

「エリザベス様……」

「はい」

えらく真剣な表情のマリーさんに、私は思わず姿勢を正してしまった。

「『ご都合主義』で話が進むゲームに、正論でのツッコミは野暮です！」

それは確かに仰る通り‼

「……はい。すみませんでした」

「いえ。分かって下さったなら、それでいいんです。で、えーっと、玄関行こうとして迷ってると、中庭の噴水のある広場に出るんです」

「……マリーさん、もう再現が不可能に……」

我らの学び舎の中庭に、噴水なぞない。あるのは一本の木だけだ。

「あの『気になる木』を、噴水に見立てて下さい！　どうせ噴水なんて、ヒロインが『わぁ……、すっごく大きくてキレイな噴水』とかって見惚れるだけの小物ですから！」

「それだけなんですか？」

「他のキャラのシナリオだと、やたらイベントが起こるロケーションだったりはしますけど、殿下のシナリオだとその程度の役割です」

ああ、成程。大体、攻略キャラごとに、印象的なイベントが起こるロケーションというのは決まっていたりする。そして、そのロケーションは被らないように設定されているものだ。

「で、まあ、迷って中庭に出て、噴水見つけて『わぁ、キレーイ♡』とかって見惚れてる訳ですよ」

「呑気ですね」

「呑気ですよね。私もプレイしながら『え？　もーちょっと焦ったりしない？』とか思いました」

マリーさんは頷くと、今度は自分の胸元を指さした。

「で、新入生は、胸のここんとこにお花つけてるんですよ。『入学おめでとう』的な」

言われて、私は頭の中で日本の学校の入学式で貰えるような『おめでとう』と書かれたリボンのついた安っぽい造花を想像したのだが。

マリーさんが言うには、きちんとしたシルクのコサージュなのだそうだ。男女でデザインが変わるらしいが、女子の花はベビーピンクのバラの花らしい。因みに男子は淡いグリーンのダリアだそうだ。

「あの安っぽい造花も、あれはあれで味があって良い物なのですけれどね……」

「でも『お貴族様ワールドが舞台の乙ゲー』に、あのカサカサいう造花は似合いませんから！」

まあね。ていうか、あの造花、素材がプラ系だから、今の技術じゃ作れないしね。

「で、えらい呑気に噴水見てるヒロインを、通りすがりの殿下が見つけるんです」

通りすがりの……。

「殿下は何故、そこを通りすがるんですか？」

殿下も新入生だったとしたら、そんな場所に用ないよね？　それとも、ゲームの殿下も迷ったの？　え？　殿下が!?

「あ、殿下は一学年先輩なんです。で、生徒会長的な事やってまして……」

出たな！　謎の生徒会的組織！　どうせその謎組織、学校を牛耳る勢いの権力とか持ってんでしょ。「そこはフツー、先生が仕切る場面じゃね？」ってとことかも、全部『生徒会の一存』で何とかしちゃったりすんでしょ。私には特別な知恵があるから分かるんだ。

ていうか、殿下は同級生じゃないのか。

「えー……と、ちょっと基本的な質問なんですが、誰が同学年で誰が先輩なんでしょう？」

そういえば、そういった情報は聞いていなかった。何故なら、そこまで興味がないからだ！

私の質問に、マリーさんもテーブルの上のレポート用紙を覗き込む。

「えっとですねえ……、同学年で同じクラスなのは、インケン眼鏡と脳筋ですね。学年が同じでクラスが別なのが、エルリック様とヘンドリック様です。で、殿下は一つ上で、ロバート様は学生じゃありません。アルフォンス様は殿下の護衛ですので、当然学生じゃないです」

成程、把握。

「そんでもって、殿下が生徒会長で、ヘンドリック様とインケン眼鏡も生徒会のメンバーです。で、脳筋は殿下の専属護衛の一番偉い人？　だったかです」

おい、ウソだろ⁉　脳筋が専属護衛筆頭かよ‼　そんじゃあ、アルフォンス、脳筋の部下か⁉

……怖え……。その世界線、めっちゃくちゃ怖え……。

いや、『自分より年嵩（としかさ）の騎士を従える筆頭』っていうのは、別に珍しくないんだけども。実際、グレイ卿もそうだし。

でも脳筋くんとアルフォンスじゃ、年齢だけじゃなくてその他諸々に於いても差があり過ぎる！

あの『騎士が天職です』みたいなアルフォンスを、『力こそパワー‼』て素（す）で言いそうな脳筋くんが従えるのか⁉　怖いわ！

ゲーム世界のグレイ卿、何処で何してらっしゃるのかしら……。脳筋くんに筆頭の椅子を譲ってる場合じゃないんじゃないかしら……。

「えーとそれで……、どこまで話しましたっけ？」

「ヒロインが噴水を見ていたら殿下が通りすがって……というところですね」

「ああ、そうです、そうです。で、その通りすがりの殿下がヒロインに『おいお前、そこで何をしている』とか言うんですよ」

「……一から十まで、『それはないわ』で構成された出会いですね……」

マリーさんの語る『ゲームの殿下』の言動、どれも私の知る『現実の殿下』なら絶対になさらない。

「じゃあ例えばなんですけど、もしこういう場面に殿下が出くわしたとして、どういう展開でしたら『あるかも』って思われます？」

マリーさんに尋ねられ、さっきマリーさんが語った場面を思い浮かべてみる。

迷ったっぽい女の子が一人、居る筈のない場所に佇んでいたとして……。

「まず、殿下が直接お声をかける事はないと思います」

「出会いイベント消滅‼」

ショックを受けた風にマリーさんは言うが。

「そうは言っても、マリーさんも殿下と直接お話をする事は稀でしょう？」

「まあ、そうですね。……近寄るだけで、畏れ多くて……」

『私の知る殿下』がその場に居合わせたとしたなら、ヒロインに声をかけるのはグレイ卿の役目になるだろう。

そこに佇んでいたのが『素性も良く知る相手』でない限り、殿下がお一人で直接声をかけるような事はまずない。何故なら、相手が何を目的としてそこに居るのかが定かでないからだ。恐ろしく低い可能性であるかもしれないが、相手が殿下を害する為にそこに居るのかもしれない。そういった事態もないとは言い切れないので、まずは護衛騎士が様子を見に行く筈だ。

因みにこれは、私も同様である。

不審な人物や物を見つけると、まず護衛騎士が「様子を見てきますか？」などと声をかけてくる。逆にこちらから「様子を見てきて下さい」とお願いする事もあるが。

「ですので、えーと……『乙ゲー世界』で言うならば、そこに佇むヒロインに声をかけるのは、アルフォンスである筈なのです」

「出会いイベントが……、完全消滅しました……」

項垂れるマリーさんに、どういう事かと尋ねてみたらば……。

「『出会いイベント』の殿下は、護衛の方なんかを連れてないんです。殿下お一人なんです」

ザ・有り得ねぇ‼

「それは本当に『ない』です。本当に有り得ません」

「……ですよね……。私も今ちらっと思い返してみて、殿下が学院でお一人で行動してらっしゃるとこ知らないな……と」

「はい」

当然だ。

殿下はたとえ城の中であっても、基本的にお一人で行動はされない。常に護衛騎士や侍従なんかの方々が、殿下の周囲をガッチリ固めている。

それは殿下に何事かあってはならないからだし、その重要性を殿下ご自身がよく理解しておられるからだ。

「……という訳で、殿下に関しましては、もう『出会い』の時点でイベントが消滅する事になりますね」

「出会いからして消滅ですから、当然、ルートもないと考えて大丈夫ですよね？」

軽く身を乗り出してきたマリーさんに、思わずにっこりと微笑んでしまった。

「もしマリーさんが王太子妃となりたいのであれば、協議の末にお譲りする事も……」

「いや！　ないです‼　百でありません‼」

百かよ。……いいけども。そもそも、本気で譲る気なんてないし。

まあ、『王太子ルート』は無理過ぎるので、再現はまずないだろう。『エルリックルート』も、ゲームのエルリックがクソ虫でないのであれば、再現は不可能だ。……というか、あの兄が私以外の女子に興味を示すのかが謎過ぎる。兄の思春期などは、どうなっているのだろうか……。普通に妹以外の異性に興味を持ったりはしないのだろうか……。

兄は今、領地に軟禁されている訳だが、領民の方々も兄の奇行はよくご存じだ。兄が人形を連れて散歩していても、「うわぁ……、また坊ちゃんが変な事してる……」と遠巻きに温かく見守ってくれているらしい。誰も積極的に兄に近寄らないし、声もかけない。何故なら、面倒くさいし気持ち悪いから！

そんな兄には、言い寄る異性などが居ない。高位貴族の後嗣で、ちょっと驚くくらいの美形であるというのにだ。

以前、領地の女の子から「エルリック様は、遠巻きに眺めてる分には極上です」と、ぬるい温度の笑みで言われた。女の子たちの間ではすっかり、兄は『観賞用』としての地位を確立しているようだ。ただ余り近寄り過ぎると、兄が人形に向かって「今日も私のエリィは可愛いね」などと甘ったるく話しかけている声が聞こえてきてしまうそうで、「適切な距離を見極めるのが大事なんです！」とも言っていた。

「殿下は完全に、キャラからして違いますので、イベントは全滅だと思って大丈夫です。あと、詳しくお話は出来ませんが、私の兄に関しても同様かと思われます」

ゲームの兄に関する詳しい話などは聞きたくないので、サラっと流してしまおう。

「えぇ～……」

マリーさんがえらく不満げな顔をする。

「エルリック様のお話、聞かせて下さいよぉ～」

イヤどす。だって、絶対別人だし。……っと、そうだ。

「マリーさん、その『ゲームの兄』ですが、常に人形を抱いている……とか、そういうキャラ付けなんかはありますか？」

「へ⁉　いや、ないですよ。あ、妹さんに貰ったブローチ？　だったかが宝物……とかの設定はありました」

人形を持っていないなら確定だ。別人だ。ついでに、私は兄に何か物を贈った事もない。兄から一方的に押し付けられた品々は沢山ある。全て封印済みだが。

「兄に関しては、完全に別人です。間違いなく、乙ゲー展開なんかはありません」

「え、もしかしてエルリック様って、いつもお人形さん抱いてるんですか？」

何ソレ、カワイイ！　などとマリーさんは言っているが。きっとマリーさんの想像では、ふわふわ甘々美少年が、ウサギか何かのぬいぐるみを抱いているような絵面になっているのだろう。

実情を知ったら、間違っても『カワイイ』という感想は出てこない。……実情など、言う気はないが。


とりあえず、『まずゲーム通りになどならない攻略対象』として二人消えた。

あと五人残っているのだが、その五人の内のインケン眼鏡と脳筋に関しては、私も実物をよく知らないので何とも言えない。

それを告げると、マリーさんがえらく苦々しい表情をした。

「……いっちばん会いたくない攻略対象が、インケン眼鏡なんですよ……」

「ああ……。お気持ち、お察しします」

はい、と、やはり苦々しい顔で頷くマリーさん。

マリーさんの性格からいって、インケン眼鏡なんて本当に嫌いなタイプだろうしねえ。……ていうか、『インテリ眼鏡』じゃなくて『インケン眼鏡』を好きな人なんて居るのか？

居る……の、かもなぁ……。『自萌他萎』なんて言葉もあるくらいだしなぁ……。『インケン萌え』の人とか、『眼鏡かけてりゃ何でもアリ！　むしろ眼鏡が本体‼』て人とかも居るかもしんないし。

「いえ！　私も『眼鏡』は萌えポイントではあるんです！」

グッと拳を握って、えらい力強く言うマリーさん。この力の入りようからして、『眼鏡』はマリーさんの中で相当にポイントが高いのだろう。

「『眼鏡』でプラス三十点として、『イケメン』で更にプラス二十じゃないですか」

「じゃないですか」と言われても、私はそんなポイント制を採用してないから分からんよ……。何でそう、いかにも共通認識みたいに言うの……？

「合計五十点のところに、『性格がねじ曲がってる』でマイナス百二十になりますよね？」

マイナス幅、すげぇ！

「そこに更に『常に上から目線』でマイナス七十点つくじゃないですか」

だから、「じゃないですか」と言われても困るんだが……。

「極めつけが『おもしれー女』発言で、マイナス一万五千点なんですよ。で、合計が……、……幾つだか分かりませんけど、とにかくマイナスなんですよ！」

「一万五千百四十ですね」

「え、細か‼」

貴女が言うたんですけどもね‼

でもまあインケン眼鏡氏は現在、それこそ『乙ゲー学園』であるコックフォード学園に在学中だ。

スタインフォードに転入……は、まずないだろう。

あとどうでもいいかもしんないけど、マリーさん実際『面白い人』だとは思うよ。殿下もマリーさんの事を「何と言うか……、面白い……と言って良いのかも分からないが、……個性的な令嬢だな」と仰ってたし。表現にめちゃくちゃ苦慮なさっておられたが、一回ストレートな評価を聞いてみたいところだ。

そして脳筋くんに関しても、スタインフォードへ転入などはない。

「ああ、そうですよね。脳筋くん、騎士学校に居るんですもんね」

それもそうなのだが、以前にマリーさんから乙ゲーの話を聞いた後、気になって少し調べてみたのだ。

脳筋くんは確かに騎士学校に在学しているし、騎士団の入団試験にも落ちている。そんな彼は、座学の成績が結構悪い。

「え……、マジもんの脳筋って事ですか……？」

「そうみたいです」

一応、卒業できるだけの単位は取得済みなのだが、座学の成績はどれもギリギリだったようだ。

因みに、騎士学校の座学は基礎教養と法律・法令、そして騎士団の団規などが主だ。特殊といえば特殊な学科ばかりなのだが、教本を見せて貰ったら、殆どが『暗記力がモノをいう』系のジャンルばかりだった。

なので一概に、脳筋くんの脳みそが筋肉……とも言い難い。単に暗記が苦手な人なのかもしれない。

「だとしても、スタインフォードに入学は、結構ムリっぽくないですか？」
「かなりの無理だと思います」

スタインフォードに於いても、歴史のように『覚えて詰め込め！』的な科目はあるのだ。

インケン眼鏡と脳筋に関しては、私たちの在学中にスタインフォードに通う事はなさそうだ。これで七人中、四人が消えた。

あと三人か……。

残る三人だが、ロバート閣下、ヘンドリック様、アルフォンスだ。

一番、マリーさんが書き出してくれた乙ゲー情報に合致しているのはロバート・アリスト公爵閣下なのだが……。

「閣下に関しては、情報としてはマリーさんが書いて下さったものに近いのですが、まず間違いなく『乙ゲー展開』はありません」
「情報は合ってるんですか？」

「はい。大体は」

まあ、マリーさんが書いてくれた閣下の情報、かなり少ないけども。

「我儘な妹さんがいらしたのは、事実です。その妹さんに手を焼く……というより、彼女の後ろに居たお父上に手を焼いてらしたようですが」

その妹も、お父上である前公爵も、今は王都から離れた領地に蟄居させられている。

閣下はそれに関して「家の中が静かになり、とても清々しい思いです」と、めっちゃイイ笑顔で仰っていたそうだ。殿下が「それはそうだろうとは思うが、素直に頷いて良いものか迷ってしまった」と仰っていた。……何というか、閣下も閣下だが、殿下のお言葉もどうなのだろうか……。

「ロバート閣下のイベントというのは、どういう感じなんですか？」

「えー……とですねぇ……」

マリーさんは思い出すように視線を上に向けた。

「ロバート様はヒロインの四つ年上で……」

ん⁉

「すみません、マリーさん。マリーさんは現在、お幾つでしたっけ？」

「十五です。マリーベル十五歳、まだ誰のものでもない……」

変な決めポーズを付けて言うマリーさんはちょっと無視させてもらうとして。

「ゲームの通りだとすると、閣下は現在十九歳という事になりますね……」

「ならないんですか？」

マリーさんはきょとんとしている。

「なりませんね。閣下は現在、二十一歳でいらっしゃいます。マリーさんより六つ年上です」

「え⁉」

マリーさんがえらく驚いているが、私もちょっと驚いた。

そうか……。年齢なんかは詳しく確認してなかったが、そういうところが現実と違ってたりするのか……。

「じゃあ、ロバート様とリナリア殿下って、七つも歳の差あるんですか⁉」

驚いてたの、そこかよ‼

確かに閣下と婚約者であるリナリア様は、そこそこお歳は離れている。けれど、誰もそこに突っ込もうとしないくらいにはお似合いだ。何と言うか、『温度感』みたいなものが、お二人とも同じなのだ。二人とも、自分の『結婚』などという一大イベントすらも、自分のやりたい事の為に平気で利用しようとしているところだとか……。

『同じ方向を見ている限りは、互いを絶対に裏切ったりしない』という、非常にビジネスライクだが強固な信頼関係で結ばれているお二人だ。……皆、そんな彼らをおっかながって、一切の口出しが出来ない状況になっている。

「閣下のルートになんて入ったら、閣下とリナリア様の間に入る事になる訳ですね……」

「デスロードじゃないですか……」

いや、別に死なんとは思うが。……言い切れない部分もちょっとあるが。いや、多分本当に、物・

理的な意味では死なないと思う。社会的な死はあり得るけども。

『黒まではいかないけど、限りないダークグレー』みたいな官吏の人々が何人か、城から消えちゃってるし。殿下に訊いたら「あの連中の処遇に関しては、ロバートに一任していたからな。私も何があったかは分からないな」と、輝く胡散臭い笑顔で仰っていた。……殿下が知らない筈はないんですけどね。閣下が殿下に報告しない……なんて事、絶対にないでしょうし。

でもエリちゃんはお利口だから、そんなとこには突っ込まないけど。

「……閣下ルートも潰れた……と考えて、問題ないでしょうかね？」

「ないです！ ていうかゲームのロバート様、あんなピリっとした雰囲気のエリート然としたキャラじゃありませんでしたし！」

ぶんぶんと、マリーさんがすごい勢いで頷く。

……マリーさん、ホントに閣下苦手なんだね……。

残る二人の片方、ヘンドリック様に関しては、私もよく知らない。

「ですがヘンドリック様にはご婚約者がいらっしゃいますので、普通に『ヘンドリック様ルート』はないかと思います」

「ホントですか？ なんかこう、『ゲームの強制力』的なサムシングによって、ヘンドリック様がヒロインに入れ込んじゃって、婚約者様に『婚約を破棄する‼』とか言い出したりしませんか？」

「……そんなイベントがあるんですか？」

「ありません」

……じゃあもう、『ゲームシナリオ』からは逸脱しちゃってんじゃん……。

それに、ヘンドリック様は『政略』というものの重要性をよくご存じだ。それによって選んだ婚約者を、自分個人の欲の為に「いらない」などとは決して仰らないだろう。……何より、めっちゃいい人だし。婚約者のご令嬢を、「こちらが勝手に決めた相手なので」と、ものすごく大切に扱ってらっしゃるし。ついでにお相手のご令嬢の方も、普通にヘンドリック様をお慕いしている様子だ。

ロバート閣下とリナリア様より、余程ほんわかとした温かなご関係だ。

さあ、ラス一だ。

最後に残ったのは我が護衛騎士筆頭アルフォンスなのだが、まず最初に確認したい事がある。

「マリーさん」

「ふおい⁉」

「……ですから、口に物が入っているなら、無理に返事をしなくても構わない、と……」

今度は何食べてんのよ……。別に、食べててもいいんだけど、食べながら返事しないでよ……。

マリーさんはごくごくとお茶を飲むと、「ふぅ」と息を吐いた。ふぅ、じゃないのよ……。

「このタルト、めっちゃ美味しいですね！」

「……ありがとうございます。料理人に伝えておきます」

「リンゴが甘酸っぱくて、すんごい美味しいです！」

「良かったですね。……で、それは置いておいてですね……。最後のアルフォンスなんですが、ゲーム中の年齢なんかは覚えてますか？」

「確か、ちょうど一回り上、だった筈です」

一回り、という事は、十二歳上か。それはつまり、現実のアルフォンスと同じという事だ。

「アルフォンス様も、年齢が違ってたりとかするんですか？」

何故かちょっとワクワクしつつ尋ねてくるマリーさんに、私は首を左右に振ってみせた。

「いいえ。残念ながら、現実のアルフォンス様も同様です」

「て事は、アルフォンス様って二十七歳なんですか～……」

なんですよ～。

「え？　それで独身なんですか？　ちょっと微妙にヤバくないですか？」

この世界の結婚適齢期というのは、現代日本より大分早めだ。女性なら十代のうちだし、男性なら十代後半から二十代前半だ。そしてそれを過ぎるとヒソヒソされたりする。「あの歳で独身って、ヤバくな～い？」的な感じだ。

けれどアルフォンスの場合、貴族家の出身ではあるが次男だ。家を継ぐ必要はないし、彼は騎士として身を立てているので、『家の為に嫁を取る』だとかの必要もない。

本人も「実家が伯爵家である、というだけの話です。今現在の私には、それらはほぼ関係ない事柄でしかありません」と言っていた。実際、絶縁こそしていないが、家の行事や出来事などにほぼ関わっていないので、家の方でもアルフォンスは「居ないもの」扱いらしい。別に家族仲が悪いとかいう訳でなく、ただ単に「貴族社会のアレコレは気にする必要はないから、そっちはそっちで頑張りなさい」という事らしいが。

なので彼の現在の身分としては、王族専属護衛騎士筆頭、というものと、それに付随してくる騎士爵という準貴族の爵位のみらしい。……『のみ』とか言っても、これもそこそこ大したものだけども。

この国では、身分が低くなればなるほど未婚率が上がる、という傾向がある。照らし合わせてみると、準貴族のアルフォンスが未婚であっても、特におかしな事はないのだ。

更に、騎士を職としている人々も、未婚率が高い。こちらは「いつ死ぬかも定かでないのに、伴侶など……」と考える人が多いからだそうだ。アルフォンスだけでなく、グレイ卿もそう言っていたので、恐らく本当なのだろう。

「はー……。そういうもんなんですねえ……」

「らしいです」

マリーさんは感心したように「ほうほう」などと頷いていたが、やがて何かに気付いたようにハッとした表情になった。

「そんな理由で独身なんだったら、小娘の色仕掛け程度じゃ落ちなくないですか!?」

うん。そう思う。

ていうかそれ以前に、『アルフォンスが騎士を辞める』というのがあり得ない。

つまり、アルフォンスルートのエンディングがあり得ない、という事だ。

「……さて、これで全員分のルートが潰れましたね」

「潰れましたねぇ……。スッキリです」

めっちゃ晴れやかな笑顔やん。

マリーさんは、その晴れやかな笑顔で、テーブルの上のレポート用紙をがさがさと集め始めた。

その手がふいに、ピタッと止まった。

どしたの、マリーさん？

「乙ゲーのルートが潰れたのは良かったのですが……、二週間後が期限のレポート、どうしましょう……」

知らんがな！

「どうしましょうか、エリザベス様‼」

「知りませんが」

「そんな‼」

いや、「そんな‼」じゃないわ。マリーさんの課題なんだから、私が知る訳ないわ。

最後にマリーさんらしいオチがついたが、「乙ゲー展開はなさそう」と安心したマリーさんは、笑顔で我が家を後にしたのだった。

……ついでに何故か、私はマリーさんのレポートを手伝う事になったらしい。……エリちゃんにもね、エリちゃんのお勉強はあるのよ？　……いいけどさ、もう。

第2話　あなたに会えてよかった

王城の、謁見広間。

こんな場所に、自分が立つ日が来るとは思わなかった。


「次、エミリア・キャリー様」

名を呼ばれ、事前に教わった通りに歩いていく。足元の絨毯がふわふわで、とても歩き辛い。エリザベス様は、良くもああ綺麗に歩かれるものだわ。

教わった通りに、玉座の前まで歩いて、そこで膝を折り深い礼をする。頭を垂れたままの私の前に、陛下がお立ちになられる。

そして、そっと丁寧な仕草で、私の首に勲章を掛けてくださった。これを掛けられたら顔を上げ、立ち上がれと教わった。

そして顔を上げ、驚いた。

本来、受勲の際に勲章を授けてくださるのは、国王陛下なのだ。けれど私の目の前には、静かに微笑むエリザベス様がいらっしゃる。

驚いて固まってしまった私に、エリザベス様が周囲に聞こえない程度の声で「立って、エミリアさん」と仰ってくださっている。

ああ、立たなきゃ。立ち上がって、それから……。

次はどうするんだったか……と考えている私の手を、エリザベス様がそっと取った。そして両手で強く握ると、「おめでとう」と小さく言ってくださった。

「ありがとう、ございます……」

泣いてしまいそうになって、声が震えた。

周囲から、大きな拍手が聞こえる。

「まだまだ、これからですよ。泣いてる暇なんて、ありませんよ」

拍手に消されそうな声で言うエリザベス様に、私は泣き笑いのような顔で頷いた。

「勿論です。でも……ここまで来れたお礼を、言わせてください。ありがとうございます、エリザベス様」

深々と頭を下げてしまった私に、エリザベス様が少し困ったように笑っている。

本当に、本当に、感謝しているんです。

ただたまたま、同じ学校の同期だったというだけの私に、貴女様は驚くほどに良くして下さって……。

スタインフォード学院は、平民にも広く門戸を開いている。ただし、選抜条件が非常に厳しい事

で有名なのだ。

　けれど私は、どうしてもそこに通いたかった。


　私が学院に入学する三年前に、妹が死んでしまった。

　身体が弱く、病がちな妹だった。その妹が、ジガレ熱という病気に罹(かか)ってしまった。この病気は、一週間ほど高熱が続く。幼い子供や老人などの体力の低い者ほど罹りやすく、罹ると約三割程度の確率で死に至る。

　人から人に伝染する病なのだが、一度罹った事のある者は、二度は罹らないと言われている。

　私は幼い頃にやはりジガレ熱に罹り、一週間後には全快していたらしい。なので、妹の看病もできた。

　けれど、妹は助からなかった。

　元々が病がちで体力がない。ジガレ熱に勝てる力がなかったのだ。

　けれど、妹を診てくれたお医者様は、最期まで諦めずに、一生懸命に治療を施してくれた。妹や私たち家族を元気づけ、一緒に頑張りましょうと言ってくれた。

　治療の甲斐なく妹が息を引き取ったあと、家の外に出たお医者様が、悔しそうに泣いていた。

　勿論、一番頑張ったのは、妹だ。高熱に魘(うな)されながらも、必死に生きようとしていた。

　私たち家族も、それを支える為に頑張った。

　そして、お医者様も、とてもとても頑張ってくださったのだ。出来る限りの治療を考え、妹の様子を見ながらそれらを試し、昼夜を問わず診察をしてくださった。

そして、今。

妹を亡くし、悲しくて泣いている私たちと違い、お医者様は『妹を死なせてしまって悔しい』と泣いている。ある種の諦めを持っていた私たちより、彼の方が妹を想ってくれていたのかもしれない。

それを見て、病気はイヤだな、と思った。

だって、みんな泣いている。それぞれの抱く感情は違っても。

泣いてるのは、イヤだな。

決めた。

私はジガレ熱を治す方法を見つけよう。この理不尽で命を落とす人が、一人でも減るように。力及ばず悔しい思いをするお医者様が、一人でも減るように。

どうやったらそんなものを見つけられるのかは、全然分からないけれど。

それでも、そう決めたのだ。

医療の専門的な知識を学ぶには、スタインフォード学院が一番良いだろうと、お世話になったお医者様に言われた。

お医者様は私の為に、学院の入学要綱を取り寄せてくださった。

思ったほど学費は高くない。コックフォード学園の方が高いくらいだ。

「そうですね。コックフォードとは、在り方が違いますからね」

素直に感想を述べた私に、お医者様はそう仰った。

「コックフォードは、国も出資していますが、経営しているのは貴族です。広く生徒を募り、ちょっとした社交場として機能しています。ですのであちらは、成績が規定に達していなくても、お金を出せば入学できる」

それってどうなの？　ああ、でも『社交場』と仰ったから、『そこに居る』事が大事な人たちも居るのかも。

「それに対しスタインフォードは、純粋な学問の場です。何か学びたい事があり、究めたい事がある者が門を叩く場所です。なので、入学に際し厳しい選抜を行います。それを潜り抜けた者だけが、その先へ進めます。社交も利益も度外視で、ただ学び、それを活かす。その為の学院です」

すごい……。

入学するのが難しいのは知っているけれど、想像している以上にスタインフォード学院に入るのは難しいみたいだ。

「学びたい者、その資格のある者を、身分や金銭的な理由で切り捨ててはならない。それが、スタインフォード学院の在り方です。ですので、学費なんかは格安です。代わりに、やる気のない人間は容赦なく叩き出されます」

それでも、エミリアさんにはスタインフォードを目指してみて欲しい。

お医者様にそう言われ、私はスタインフォード学院を受験してみる事にした。

スタインフォード学院から合格通知が届いた時には、大喜びでお医者様に見せに行った。私の受験勉強にも付き合ってくれたお医者様は、とても喜んでくださった。

両親も、とても喜んでくれた。

学費はそれぞれの家庭の経済状況に応じて変わるので、我が家にとってもそれほどの負担ではない。その分、貴族の入学生の方々が多く出しているのだそうだ。

特に今年は、王太子殿下とそのご婚約者様が入学されるらしい。

恐らく彼らの支払う学費は、私の家が払う数倍……いや、数十倍の額になるのだろう。

それを渋るような貴族は入学させないらしい。『貴族の義務』なのだそうだ。お医者様が教えてくれた。

王太子殿下やご婚約者様も、あの試験を突破されたのか。

なんだか勝手だけれど、親近感が湧いてしまう。流石に殿下やご婚約者様は、私のように「論文って何ですか?」から始まったりはしていないだろうけれど。簡単な試験でなかったのは、きっと同じだろう。

私のような平民がお話をする事もないだろうけれど、素敵な方だといいな。

学院が始まり、二週間が経過した。

通う前から、九割が男子学生だとお医者様に聞いていた。そして本当に、九割が男子だった。

三十九人いる新入生の内、女子学生は私含めたった四人だ。

その内のお一人は、王太子殿下のご婚約者のエリザベス・マクナガン様。お名前なんかは、入学式後すぐに仲良くなったマリーが教えてくれた。

マリーとは、入学式が終わってすぐ、教室へ移動する間に仲良くなった。マリーから声を掛けてきてくれたのだ。

「女の子、ホントに少ないし、仲良くしない……？」と。

仲良くなら、大歓迎だ。

マリーベル・フローライトという名で、伯爵家のご令嬢なのだそうだ。……マリーが貴族とか、言われなきゃ絶対分かんない。言われても、一瞬「え？」て思う。

何だかとても庶民的で、可愛らしくて、元気な女の子だ。気取ったところがないし、クラスの他の平民の男の子たちとも普通に会話している。むしろ、マリーの方が腰が低いくらいだ。

……貴族令嬢って、こういう感じだったかしら？

エリザベス様は貴族って言うか、『お姫様』って感じなんだけどな……とマリーに言ったら、「あんな本物の大貴族様と一緒にしないで！　無理無理！」と言われた。

マリー……、貴女も『本物の貴族』でしょ……？　それとも偽物なの……？　近所の五歳の子の『貴族ゴッコ』の方が、貴族らしく見えるわよ……？　というか、『偽物の貴族』って何？

エリザベス様はマクナガン公爵家という、国の貴族の中でも上から数えて二番目の位置にいらっしゃる、大貴族様のご令嬢なのだそうだ。

そのエリザベス様は、驚くほどお可愛らしい方だ。今年度の入学生の最年少でいらっしゃるそうで、今年で十二歳という話だ。

十二歳であの試験突破したの⁉　とかなり驚いた。

エリザベス様のお隣にいらっしゃる王太子殿下は、今年の新入生代表の挨拶をされていた。あれは、首席入学の学生がやるものなのだそうだ。

あれが、未来の国王陛下と、王妃陛下……。すごい！　お二人とも優秀でいらして、とてもお美しくて、しかも仲睦(なかむつ)まじくいらっしゃる。わー……。何か、この国の将来、安泰なんじゃない？

そう思って、ちょっと嬉しくなったのだった。


殿下はご公務がおありになる日は、学院を休まれる。まあ、当然だ。公務を蔑(ないがし)ろにしない方で、素晴らしいと思う。

そういう日は、エリザベス様は講義室の一番後ろの席に、お一人でぽつんと座っていらっしゃる。すんごく可愛いんだけど、何かちょっと寂しそうなのよね……。

寂しそうって言うか、つまらなそう？　殿下といらっしゃる時は、いっつもニコニコしてらっしゃるのに。

学院に入学した日に、学院側から私たち生徒に注意があった。

王太子殿下と、エリザベス様に対しての接し方についてだ。

お相手は、お二人とも雲の上の方だ。失礼があってはならないというより、『間違いがあってはならない』という注意だった。要は、お二人に危害などを加えないように。そう疑われる行動をしないように。そういう内容だった。

礼儀作法などについては、特に問わないそうだ。……私のような生粋の平民も多い学校なので、それはとても有難いし助かる。

その注意の中に、『お二人への贈答品などは控えるように』というものがあった。要は賄賂的なものだとか、あとは贈り物に何か仕込むだとか、そういった事を警戒されているようだ。『特に手製の贈答品は厳禁』とされた。……じゃあ、既製品ならいいのかな?『控えるように』だから、ダメとは言われてないよね?


ダメじゃないなら、やってみようかな……と、エリザベス様にお菓子を差し入れする事にしてみた。

殿下がご公務で欠席されている日のエリザベス様がつまらなそうだったので、美味しいお菓子でも食べたら浮上されないかな、と思ったのだ。

あと、エリザベス様がお菓子を召し上がる姿が、とてもお可愛らしいのだ!

以前一度、エリザベス様にお菓子を差し入れた事がある。お隣で殿下が何だか面白くなさそうなお顔をされていたのが怖かったが。

その時に差し入れたお菓子は、ちょっと流行っていた柔らかいクッキーのようなお菓子だ。とても美味しいだけでなく、包装などがとても洒落ている。

これ、エリザベス様が食べてたら、絶対可愛い‼　と、店先で一目ぼれだった。

差し上げて、受け取って下さった。それだけでも嬉しかったのだが、エリザベス様は休憩時間にそれを召し上がってらした。

とても大きなお菓子なので、それを両手で持って、小さなお口でちょこちょこと召し上がる様は、どんな小動物であっても敵わない可愛らしさだった。王都の中央にある公園のリスがこの世で一番可愛い生き物だと思っていたが、ここにきてエリザベス様がダントツで一位になった。あんなにお可愛らしい生き物、きっと他に居ない。

殿下もにこにこしながらエリザベス様を見守っておられた。

思わず教室中の視線がエリザベス様に集まってしまったのだが、それを殿下が端から端までざっと睨みつけた。……怖かった。

私の隣に立っていたマリーは、どうやら直撃を食らったようだ。「ひえ……」と情けない声を出している。

「ねえ……、あれってやっぱり、エリザベス様を見るんじゃねぇ！　って事かな……？」

私の腕にしっかりしがみつき、震えながら言うマリーに、私は苦笑して頷いた。

「だと思うわ。エリザベス様も、大変ね」

お菓子を食べて少し頬が緩(ゆる)んでらっしゃるエリザベス様を、他の人に見せたくないのだろう。随分と、お可愛らしい嫉妬だ。……なんて、殿下に向かって不敬かしら。でもそうよね。好きな人の幸せそうな笑顔なんて、独り占めしたいわよね。

王太子殿下なんていう雲の上の方も、当たり前の話だろうけれど、ちゃんと私たちと同じ人間なんだな……と嬉しく思った。


その日も殿下がご欠席だったので、私はエリザベス様にお菓子を差し入れた。王都で人気のお菓子屋さんのものだ。エリザベス様は、微笑んで「ありがとうございます」と仰って、受け取って下さる。

こんな平民からの差し入れを笑顔で受け取ってくれるだけで、もう好感度高い。

お隣に座る侍女様（かな？）がお毒見をし、エリザベス様にお菓子が渡る。教室中が、こっそりとエリザベス様を注目している。

エリザベス様は箱からお菓子を取り出すと、小さなお口で食べ始めた。美味しかったらしく、口元が幸せそうな笑みの形をしている。

も〜〜〜、見てるこっちまで幸せ！

マリーが「何してても可愛い」って言うけど、本当よね！

少しは、殿下がいらっしゃらないつまらなさ、お忘れになられたかしら。そうならいいんだけど。

何だか、気付いたらマリーとエリザベス様が親しくなっている。

やっぱり貴族同士、話が合うとかそういう感じなのかしら？　……未だに、マリーが貴族のご令嬢っていうのが信じられないけれど。あの子、ウチの近所に住んでても違和感ないのよね……。

そのマリーから、エミリアも時間があったら一緒にお茶でもどう？　と言われ、放課後に学院のカフェテリアに居る。

ここのメニューは美味しい上に安い。しかも、簡単に食べられるように、ナイフやフォークを使わなくても大丈夫なものが多い。ハムを挟んだパンだとか、グリルした鶏を一口大に切ってピックを添えてくれているものだとか。

テーブルマナーなど知らない私たち平民でも、気後れせずに食べられるメニューだ。

本などを読みながらでも手を汚さず食べられるし、実際そうしている学生や講師も多い。何と言うか、肩肘張る必要がなくて、私たちのような平民にはとても有難い。

それに、ここに通う貴族の方々は、私たち平民のマナーがなっていなくとも、煩く言われる事は殆どない。さりげなく「これはこうだよ」と教えてくれる方が多いのだ。有難い。

マリーと二人で外のテラスでお茶を飲みながら待っていると、エリザベス様がやって来た。

エリザベス様は時々、軽く跳ねるような足取りで歩いている。今日もそうだ。その様がとてもお可愛らしくて、マリーと二人で笑顔になってしまう。

ぴょんと歩くごとに、柔らかそうな髪がふわっと舞い、お綺麗なスカートの裾もふわりと揺れる。

なんてお可愛らしいのかしら‼

「お待たせして申し訳ありません」

テーブルの傍まで来ると、エリザベス様はそう仰って、軽く頭まで下げてこられた。

えぇ⁉　貴族の方に、そんな風に頭を下げられるなんて！

少し驚いている私と違い、マリーはいつも通りに笑っている。

「いえいえー。全然ですよー。あ、エリザベス様も、どうぞ座って下さい」

マリー……、貴女が仕切ると、何だか不安になるわ……。大丈夫なの……？

エリザベス様はマリーにすすめられた通り椅子に座られると、私を見て微笑まれた。わー……可愛い。

「きちんとご挨拶をするのは、初めてですね。エリザベス・マクナガンと申します」

「エミリア・フォーサイスです」

それ以上、何を言ったらいいのか……。貴族の方とお話なんて、した事がないから分からない。

……あ、マリーも貴族だったわ。

そのマリーが、ぺこっと頭を下げた。

「マリーベル・フローライトです」

「……知ってるわ」

「……知ってます」

私の声が、エリザベス様と同時に発せられた。しかも内容も一緒。それに思わずエリザベス様を見ると、エリザベス様も私を見て笑ってらした。

「仲良くなれたら、嬉しいと思います。……エミリアさん、とお呼びしてもよろしいですか？」

「どうぞ。……私も、エリザベス様とお呼びしても構いませんか？」

「はい。何とでも、お好きにお呼び下さい」

微笑んで頷いてくださるエリザベス様に嬉しくなり、二人で顔を見合わせて微笑んでいると、マリーが割り込んできた。

「私の事は、マリーと呼んでくださいっ！」

「呼んでるわ」

「呼んでます」

また、同じ台詞。同じタイミング。

そしてまた、エリザベス様と顔を見合わせて笑ってしまった。マリーだけは「何か私にだけ冷たくないですかー？」と膨れているが。

畏れ多い事だが、何だか仲良くなれそうだなと、とても嬉しくなった。

私は家族や近所の人々から、『エミィ』という愛称で呼ばれている。本当はそう呼んでいただきたいと思ったのだが、エリザベス様の愛称の『エリィ』と音が似通っているので、愛称ではなく

『エミリア』と呼んでいただく事にした。

……だって、殿下が怖いもの。エリザベス様と似た音の愛称なんて、殿下に睨まれる予感しかしないんだもの……。……そんなに珍しい愛称でもないいんだけれど。

その日は、エリザベス様と色々なお話をした。

私が学院への進学理由をお話ししたら、「素敵な夢ですね」と微笑んで下さった。その笑顔はあのお医者様ととても良く似ていて、それを見た私はエリザベス様はきっととてもお優しい方なのだろうなと嬉しくなったのだった。

ある日、何だか少し体調が悪かった。少し頭が痛く、ぼんやりとする。けれど、学院を休みたくない。今の私は、勉強をするのが楽しくて仕方ないのだ。

でも学院に着いても、身体はだるいままだった。

席に着いて、なんだろうな……と溜息をつく。家を出る前より頭がボーっとしている。何だか思考が纏まらない。

学院では、授業の際の座席位置に指定などはない。勝手に好きな場所に座れば良い。

ただ、一番後ろの列の真ん中は、エリザベス様と殿下の指定席だ。背後に人の居ない状態の方が、警護の都合がいいらしい。

なので他の学生は、最後列だけを避け、思い思いの席に着く。

私は真ん中あたりの席に着いていた。

三人並んで使用できる長い机と、ベンチのような椅子だ。その端に座っている。

反対の端に、誰かが座った。

大抵、そういう着席の仕方になる。真ん中を開け、端と端。そうすれば、テキストや資料などを机に広げても、隣の人の邪魔にならない。それに、座席数は受講者数より多いので、真ん中を開けても何の問題もない。

エリザベス様と殿下だけ、隣り合ってぴったりと寄り添うように座ってらっしゃるけれど。……あれ絶対、殿下がそうされてるんだと思う。エリザベス様、そういう事に疎そうだし……。

えー、と……。今日の一コマ目は、何だったかな……。経済……だったかな……。

椅子に置いておいたカバンから、ごそごそと筆記用具とノートを取り出す。時間割が思い出せないなんて、もしかしたら本当に具合が悪いのかも。

ああ、どうしよう。医務室へ行った方がいいだろうか。でも何だか、立つのも億劫だ……。

そんな風に思っていたら、不意に隣から声がかけられた。

「……大丈夫？」

大丈夫、とは、何がだろうか……。

隣を見ると、空席を一つ挟んだ隣の人物が、少し心配そうにこちらを見ている。

彼は、『主さん（ヌシ）』などと呼ばれている学生だ。もう三年くらい、この講義を受け続けているらしいと聞いた。本当かどうかは知らないが。

主さんはこちらを見て、軽く首を傾げている。

えっと……、何だっけ……？

「具合、悪いんじゃないの？」

悪い……のかな……？　何だっけ……？

ぼんやりするだけの私に、主さんは立ち上がるとぐるっと座席を回ってきて、私の横に立った。

そして、私の腕を軽く引いた。

「医務室行こう。連れてってあげるから」

ぼけーっとした頭で、何を言われているのかも良く分からないまま、それでも頷いた。

その後の記憶がない。

眠っていたらしく、目を開けるとどこかのベッドの上だった。

ベッドの周囲はカーテンで仕切られており、見回してみてもカーテンしか見えない。……診療所に似てるな。じゃあ、学院の医務室とかかな？

身体を起こして、ベッドから降りようとしていると、カーテンがそっと開けられた。

「ああ、目が覚めた？　もう少し寝てなさい」

医務室の、女性の医官だ。ではやはり、ここは学院の医務室だ。

「えっと……、私、どうしてここに……？」

全く覚えがない。

尋ねると、医官の方が苦笑した。

「熱があったのよ。一般教養の学生さんよね？」

「はい」

「同じクラスのキャリーさんが貴女を連れてきてくれたのよ」

そう言えば、主さんが何か話しかけてきたような気がする。……主さん、『キャリー』という名前なのかしら？　主さんとしか知らなかったわ。

「今はお昼休憩ね。もう少し休んで、放課になったら帰りなさい」

「……はい」

授業、受けられなかったな……。

「あと、これ」

医官の方が、私に向かって何かを差し出している。数枚の紙のようだ。

受け取ってみると、学院のレポート用紙に、午前の授業のノートが取ってあった。

「一般教養の女の子が、貴女に渡してくれ……って。午後の分は、また後で持ってくるそうよ」

「ありがとうございます」

嬉しい。

もう少し横になってなさい、と言われ、私は素直にベッドに横になった。

医官の方が言うには、疲労からの発熱だろうとの事だった。

確かに、受験勉強からこっち、ずっと気を張って頑張ってきた覚えがある。それが少し緩んで、疲れが出たのだろうという事だ。

ベッドに横になり、医官の方から受け取ったレポート用紙を眺めた。

午前の三コマの授業のノート。

一コマ目は、マリーの可愛い女の子っぽい文字。二コマ目と三コマ目は、エリザベス様の綺麗な文字。

マリーの取ってくれたノートは、先生のお話しになった注釈なんかが端の方にごちゃっと書かれていたり、『ポイント!』と書かれた文字の横にお花の絵が描かれたりしていて、とても賑やかだ。対してエリザベス様の取って下さった方は、綺麗な文字で整然と読み易く、且つすっきりとしたものだ。注釈のようなものは、下部に纏めて書き込まれている。

ノートって、性格が出るのね。

そう思って、何の面白みもない筈の授業のノートで、暫くの間くすくすと笑ってしまった。

お勉強だけを目的に入った学院で、こんなに素敵な友人が二人も出来るなんて、思ってもみなかった。

頑張って学院に入って良かったな、と思ったのだった。

今日の授業が終わると、マリーとエリザベス様が様子を見に来てくれた。

「エミリア、もう起きて大丈夫？」

心配そうな顔のマリーに、微笑んで頷く。

「ええ。寝たら良くなったみたい。もう大丈夫よ」

「良かったぁ」

ほっとしたように笑うマリーの隣で、エリザベス様がまだ少し心配そうな顔をしている。

「でも、無理なさらないでくださいね？　そういう疲れだとかは、意外と自分が一番分かっていなかったりするものですから……」

「はい。気を付けます。ありがとうございます」

「あ、これ、午後のノートね！」

言って、マリーが手に持っていたレポート用紙を差し出してくる。

「ありがとう。すごく助かるわ」

本当に助かる。

貴族の方々と違い、私はここへ入るまでに、それほど高度な教育は受けていない。全てが付け焼刃に等しい。なので、少しでも遅れると、取り返しがつかなくなる可能性がある。だから授業を休みたくないのだ。

けれど、休んでしまっても、こうして友人が代わりに要点をまとめたノートを作ってくれる。それはとても有難いし、とても嬉しい。

受け取ったレポート用紙をぱらぱらと捲り、思わず手を止めた。

四コマ目のノートはマリーの字だ。相変わらず、良く分からないが可愛いイラスト入りだ。五コマ目のノートは、初めの数行がエリザベス様の文字なのだが、途中から文字が変わっている。エリザベス様の文字同様に、とても綺麗で読み易い文字なのだが、エリザベス様の文字とクセが違う。

……え？　ちょっと待って……。エリザベス様の作業を、途中から交代出来る人なんて、一人しか居なくない……？

「……すみません、エミリアさん……。殿下が、やってみたいと仰せられたので……」

やっぱりーーーー!!　お、王太子殿下に、ノート取らせちゃったの!?

「エ、エリザベス様……、私……、ふ、不敬罪とか……」

どうしよう、手が震える。

「大丈夫です！　殿下ご自身がそう仰ったのですから！」

「だ……大丈夫、ですか……？」

「大丈夫です！　それに、殿下はそれほど狭量な方ではありませんから」

言えない……。

殿下を『狭量でない』と言い切れるのは、エリザベス様だけだなんて……。とてもではないけれど、言えない……。

でも、エリザベス様が『大丈夫』と仰ってくださっているのだから、きっと大丈夫なのだろう。

……怖いけど。

「あと、まだ本調子でないでしょうから、ご自宅まで我が家の馬車を用意してあります」

「え⁉」

公爵家の馬車⁉

「きっと公爵家の紋などが入っていると気後れされるかと思いまして、私自慢の『お忍び号ＤＸ（デラックス）』をご用意いたしました」

「え⁉　何ですか、それ！」

……どうして貴女が目を輝かせるの、マリー……。

そしてエリザベス様、どうしてそんなに得意げでいらっしゃるのですか……？

医務室の外でお待ちになられていた王太子殿下も合流され、共に連れ立って学院の裏門へ向かった。


……生きた心地のしない時間だった。


もう色々驚き過ぎて、様々な感覚がマヒしていたのだが、更なる驚愕というか不可解というかがそこにはあった。

「これが、私自慢の『お忍び号ＤＸ』です！」

とても得意げな笑顔で馬車を手で示したエリザベス様だが、私はどういった反応が正解なのかが分からず、ただただ困惑していた。

ちらりと見ると、王太子殿下も初めて見る表情をされていた。……なんと言えば良いのだろうか。

ごっそりと感情が抜け落ちたような、『無の表情』とでも言えばいいのだろうか。

エリザベス様が示したのは、街中を走る乗合馬車に似た、とても質素な馬車だった。

「えー？　普通の乗合馬車じゃないんですかぁー？」

呑気にそう言うマリーに、私は「勇気あるわね⁉　マリー！」と思っていた。……口には出せなかったが。

「マリーさん。『お忍び』とは、どういう事か分かっていますか？」

「こっそりお出かけする事じゃないんですか？」

きょとんとしたマリーに、エリザベス様が「ふっ」と鼻で笑われた。……どうしてそう、芝居がかってらっしゃるのですか……？

「甘いです！　紅茶に砂糖を壺ごと突っ込むくらい、激甘です‼」

「それはジャリジャリしますね！」

そういう事じゃないと思うわ、マリー……。

「『お忍び』……、つまりそれは、『忍んでなんぼ』なのです！　公爵家の馬車など、忍びようもないではないですか！」

「それは確かに……！」

「そこでこの、『お忍び号ＤＸ』です！　外観はほぼ乗合馬車と同レベル。しかし、内装をご覧ください！」

言いながら、エリザベス様は控えていた従者に馬車の扉を開けさせた。中は、乗合馬車とは全く違い、シートからして高級感がある。

「この、ゴージャス且つラグジュアリーな空間！　これぞ貴族のお忍びに相応しいスタイルでしょう！」

「わー！　エリザベス様！　乗ってみていいですか⁉」

「どうぞ」

うむ、と鷹揚に頷かれるエリザベス様に、マリーは「わー！」と無邪気な歓声を上げながら馬車に乗り込む。

その横でエリザベス様が、シートのスプリングがどうの、座面のビロードがどうのと、馬車の説明をされている。

……何だろう、これ。

そう思っていると、隣から深い深い溜息が聞こえた。見ると、王太子殿下が遠くを見る目をしていらした。

「……エリィとフローライト嬢は、いつも『ああ』なのだろうか……？」

私にお尋ねになられているのよね？

「まあ……はい。大体いつも、あんな感じでしょうか……」

そう。エリザベス様が良く分からない事を言い、マリーが更に分からない事を言う。いつもそんな感じだ。けれど、それが楽しくもある。……大変な事もあるが。

「そうか……。君も、苦労しているのだな……」

君も。

ああ……。殿下も、ご苦労なさっておられるのですね……。

「分かっていると思うが、エリィにあの馬車についての質問などはしない方がいい」

「はい。理解しております」

頷いた私に、殿下も深く頷き返して下さった。

そう。エリザベス様にうっかり質問をしてしまうと、恐らく理解できない説明を延々と聞かされる羽目になる。いや、エリザベス様が楽しそうなのは何よりなのだが、聞いてもさっぱり意味が分からないのだ。

私は極たまにそういう状況になるだけなのだが、恐らく殿下は、ずっとそういう状況に居られるのだろう。……それは『無の表情』にもなろう。


その後、私は「どうしても乗りたい！」と駄々をこねたマリーと共に、『お忍び号ＤＸ』で家へと帰った。……因みにマリーは、私が降りた後もそのまま乗り続け、学院まで送ってもらったらしい。

基本的に小心者なのに、どうしてそういう時だけ図々しくなれるの、マリー……。

エリザベス様ご自慢の馬車だけあり、乗り心地は乗合馬車とは大違いの快適さだった。

その快適な馬車の中、私は勝手に王太子殿下に親近感を抱くのだった……。

熱を出してしまった時、私はどうやら医務室へ向かう途中で気を失ってしまったらしい。

それを、『主さん』ことダニエル・キャリーさんが抱き上げて運んでくれたそうだ。

……わー……、意識なくて良かった！　恥ずかしすぎる‼

街でお菓子を購入して、「その節は御迷惑をおかけしました……」とお詫びをしたら、キャリーさんは「いや、別に。大した事してないから」と笑ってくれた。お菓子は一応、もし甘い物が嫌いだったら……と考えて、甘みが控えめのチーズ味のクッキーにしておいた。後から考えて「でもあれも結構、好き嫌いある味だったかも！」と慌てたが。

後日、キャリーさんから「お菓子、美味しかったよ。ありがとう」と言われてほっとした。

何か、キャリーさん、いいなぁ……。空気感？　ていうのかしら。ほっとする感じ。

私が具合が悪いのにも、最初に気付いてくれて。医務室まで運んでくれて。でもそれを恩に着せない。

何かいいなぁ。

その日から、私はキャリーさんに話しかけるようになった。その私を、エリザベス様が微笑みながらご覧になられている。

でも……。

どうしてだろう。時々、小さい頃に亡くなった祖母を思い出す……。おばあちゃんが、ああいう笑顔で私を見てたなぁ、って……。

どうしてかしら？

一学年の前期が終わった。修了の試験があり、私たち女子三人は、それぞれ成績『優』をいただいた。ちょっと長い休暇があり、それが明けたら専科へ進む。

試験勉強は、とても大変だった。……マリーに教えるのが。

貴族の方って、家庭教師をつけているんじゃないの？　どうして私より、理解が遅いの？　そしてどうしてそんな独特な覚え方をするの？　専科に進んだら使わない科目だから……って、それを落としたらそもそも専科に進めないのよ？

エリザベス様も、「マリーさんを侮っていました。まさか、ここまで大変とは……」と仰っていたから、マリーは貴族の方から見てもちょっぴり変わっているのかしら？

でもエリザベス様は、周りにいらっしゃるのが王太子殿下とかだから、殿下くらいとまでは言わなくても、ある程度以上は『出来て当然』と思ってらっしゃるのかしら？

マリーが泣きそうな顔で成績表を見せに来た時、私とエリザベス様は思わず身構えてしまった。

どうやって慰めようかとも考えた。

けれど、結果は逆だった。嬉しくて泣いていたらしい。

結局、「良かったよォォ……」と泣き出したマリーを、慰める事になったけれど。

うん。すごく楽しかったな。勉強が大変だったりした事もあったけど、本当に素敵な友人が二人もできた。

これからも頑張ろうっと。

あと、キャリーさんともちょっと仲良くなれた。今年で二十歳だって事とか、馴れ馴れしく話しかけちゃってたけどホントは男爵家の三男って事とか、色々教えてもらった。

三男だし、どうせ卒業したら家を出るから、貴族とか関係ないよ。

そう言って笑ってくれた。

……どうしよう。私、キャリーさん、ホントに好きかも……。貴族の方とはいえ、卒業後は関係なくなるって言ってたし……。

う〜〜〜ん………。

うん！　決めた！　ちょっと頑張ってみよう！　何にもしないで諦めるとか、私らしくないし！

頑張ってみて、駄目だったら、その時は諦めよう！

お休み明けたら、キャリーさんをデートに誘ってみよう。そう決めた。

休業期間でも、学院の施設は自由に使用できる。どの施設でも、誰かしら講師の先生や学生が居たりする。

私は、学院の図書館で数冊の本を借りた。一部の貴重な書籍以外は、貸し出し手続きを取れば持ち出せる。

学院が休みの間に、読んでみたかった本を消化しておこうと思ったのだ。

本当は五冊くらい借りようと思ったのだけれど、三冊を抱えて書架を移動しているだけで、腕が重たくなってしまった。これをバッグに入れて、家まで持って帰るのか……と思ったら、あと二冊追加など出来なかった。

……ちょっと、力つけようかな。

バッグを肩から斜めにかけて、図書館を出た。
少し歩いただけだが、既に肩が痛い。……もうちょっと、肩紐の太いバッグにした方がいいかも。これからもきっと、本を借りて帰る事はあるだろうし。
そんな事を考えつつ歩いていると、エリザベス様とマリーに出くわした。
「あ、エミリアさん。奇遇ですね」

にこっと微笑まれたエリザベス様に、私は軽く会釈をする。

エリザベス様には「別にいちいち頭を下げられなくても大丈夫ですよ」と言っていただいている
が、何となくそうしたいのだ。

「こんにちは。何をされているんですか？」

尋ねると、エリザベス様は手に持っていた小さな箱を見せてくれた。白い紙箱だ。お菓子屋さん
などで貰えるような箱である。

「これを作っていました」

「何です？」

「クッキーです」

クッキー⁉　エリザベス様、お菓子作りなんてされるの⁉　わー……、それは可愛いだろうなぁ
……。

「マリーは何をしているの？」

お手伝いかしら？

そう思って尋ねたら、マリーは手に持っていた小さなバッグを掲げて見せた。

「寮に忘れ物しちゃったから、取りにきただけー。そしたら偶然、エリザベス様に会ったの」

そういえば、マリーって寮だったわね……。それも貴族の女性としては珍しいんじゃないかしら
……。コックフォード学園の貴族寮なんかは、すごく豪華だって聞いた事あるけど……。ウチの学
校の寮って、講堂の裏手の方にあるあれよね？

私の家なんかよりは全然立派だけど、貴族のお邸なんかと比べたら、絶対に貧相なんじゃないかしら。でも、マリーは全然、不満もなんにもないみたいだし……。

不思議な子ね、マリーも。

「エミリアさんも、もしよろしければ、私のクッキーを試食していかれますか？」

「え？　いいんですか？」

エリザベス様のお手製なんて。いいのかしら。

「勿論です。……ただ、ここでは何ですので、カフェテリアへ移動しましょう」


カフェテリアへ移動し、エリザベス様が奢って下さるというので、紅茶をお願いした。マリーはオレンジジュースだ。

エリザベス様は厨房からお皿を借りていらして、そこにクッキーを二枚乗せた。ちょっと色が白っぽい気がするが、真ん丸な綺麗なクッキーだ。

「どうぞ」

「わーい、いただきまーす」

マリーが遠慮も何もなく、皿の上に手を伸ばす。

……貴女のそういうところ、すごく羨ましいわ。

私も残った一枚を手に取った。

「いただきます」

「はい。もしもう一枚欲しいというのであれば、差し上げます」

マリーがクッキーをぱくりと半分ほど口に入れた。それを見て、私もクッキーを一口齧ってみた。

……ん？　何かしら、これ……。

全く……味がしない？

これは何だろうと咀嚼している私の隣で、マリーが「ゴッフォ！」とおかしな音を立てて口の中の物を噴き出した。

「ちょっとマリー！」

「マリーさん、汚い！」

マリーは口元を手で押さえ、げほげほとむせているようだ。

私はテーブルをナプキンで拭いた。エリザベス様は、マリーの手元にジュースのグラスを差し出してあげている。マリーはグラスを取ると、中のオレンジジュースを一気に半分ほど飲んだ。

「な……んですか、これぇ……」

ハンカチで口元を押さえながら言うマリーに、エリザベス様はとても真面目なお顔をされた。

「クッキーです」

「噛んだら粉になったんですけど！　あと、全然、味ないんですけど！」

これはマリーの言うとおりだ。

全く味がない。そしてはじめこそサクっとした歯ざわりなのだが、噛んでいると全部粉になる。

更に、口の中の水分が全部持っていかれる。

マリーはきっと、一口で頬張り過ぎたのだ。

「お口の中が、めっちゃぱっさぱさになるんですけど！　最中の皮の比じゃないレベルで、ぱっさぱさ！」

「文明の進化が一日で成らないように、クッキーの進化もそう容易いものではないのです」

……エリザベス様、何を仰っているの……？

クッキーの、進化……？

「クッキーは一日にして成らず、ですか……」

マリーも何を言っているの⁉　さっきのエリザベス様のお話、理解できたの⁉

「マリーさんの仰る通りです」

どうしよう……、私、全然分からないわ……。

「前回作った物より、断然進化はしているんです。あとは、味が消えるという不可解な現象を解明できれば……」

味がないのも不思議だけれど、それより……。

「前回って、どんな感じだったんですか？」

すっかりジュースを飲み切ったマリーが尋ねた。

「前回は、今回同様に味がなく、恐ろしく硬かったのです」

「あー……ナルホド。でもコナコナしちゃうより、硬い方がマシじゃないですかー？」

どうして貴女にはそう、恐れるものがないの、マリー！

「いえ、『恐ろしく硬い』のです。私が力いっぱい地面に投げつけたら、そのまま跳ね返ってきました」

「そのまま……」

「はい。そのまま。肉叩きのハンマーで叩けば割れます。破片は鋭利ですので、気を付けて食さないと、口内が血塗(ちまみ)れになります」

真顔で！　何を仰ってるんですか⁉　ハンマーで叩かなければ割れないって、それは本当にクッキーなのですか⁉

いいえ、この無味なお品も、クッキーかどうか分かりませんけれど！

「これは今日、化学講師のマッシュ先生と、物理学講師のドーソン先生にご協力いただき、お二人監修の元で作り上げた物です。流石は先生方です。きちんとサクっとした歯ごたえになりました」

納得したように頷いてらっしゃいますけど、先生方にって……。

言われてみたら確かに、お料理は化学の実験みたいなものかもしれませんけど……。

「しかし全く味がなく、先生方は爆笑された後で、しきりに首を傾げておられました。また何か改善の方法を見つけたら、ご連絡くださると仰ってくださいました」

先生方……。何をしておられるんです、先生方……。そしてエリザベス様……、爆笑されてますが、いいんですか……？

エリザベス様はテーブルに乗せていた箱を両手でしっかりと持つと、それに視線を落とされた。

「残りは、護衛騎士の方々や、殿下に召し上がっていただこうと思っています」

エリザベス様の言葉に、少し離れた場所に立っていた騎士様が、ちょっとだけビクッとされていた。

……護衛の騎士様って、大変なお仕事なんですね……。

そして、殿下……。

どうか、エリザベス様に仰ってさしあげてください。恐らくこれは、クッキーではない……と。

私では畏れ多くて、エリザベス様にそう申し上げる事はかないません。ですので殿下、宜しくお願いいたします……。

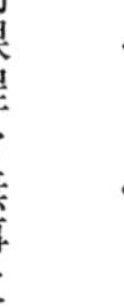

前期課程を無事に修了し、私たちはそれぞれ専門課程へと進んだ。

マリーは経済学科へ。

私は全然知らなかったのだが、マリーのお家は有名な商会だった。女性用の下着を多く扱っているお店があり、そこは庶民でも手の届く、安くて質のいい品物が多い。実は私も愛用している。それがマリーのご実家の手がけたお店なのだそうだ。

しかも、下着のデザインや原案は、全てマリーだという話だ！

……ごめんなさい、マリー。私、貴女の事を見くびっていたわ……。

そのご実家を継ぐ為の勉強をするのだそうだ。

「ガッポリ稼いで、ラクラク老後ライフ!」っていう目標は、ちょっとどうかと思うけれど……。

エリザベス様は自然科学科へ。

正直、私は何をする科なのか分からなかった。学院でも結構な不人気学科らしく、所属する学生はエリザベス様を入れて四人というお話だ。

そこで何をされるのですか? とお尋ねしたら、「明日のお天気くらい、分かるようにならないかなぁ、と」と返されて驚いた。

マリーは「分っかります! 朝イチにお天気分かんないの、不便ですよね!」と同意していたが、私には全く分からない。

明日の事なんて、明日にならなければ分からないものなのではないの?

やっぱり、エリザベス様のお考えになる事って、何だかすごいわ。

そして私は、医学科へ。

当初の目的通り、医師になる為の勉強と、ジガレ熱を何とかできないかの研究をするつもりだ。

余談だが、殿下は法科を選択されたようだ。エリザベス様曰く「今後、ご公務などで欠席も多くなられるでしょうから、ご自分のお得意な分野を選ばれたのでしょうね」との事だ。

お得意……。法律が……。

流石、未来の為政者は違う。

私など、『悪い事をしたら捕まる』程度の認識だというのに……。

それぞれが、それぞれの道へ。

教室が分かれてしまってちょっと寂しいけれど、同じ学内に居るのだ。そして、それぞれが頑張っているのだ。顔を合わせた時に、笑顔でお話が出来るように、私も頑張ろう。

一学年の終わりごろ、寒さが緩んできはじめる二月の終わり頃だった。

エリザベス様が「紹介したい方がいるのです」と仰った。

この日のこの時間にこの場所で……、と指定されたが、その『場所』が問題だった。

王都の貴族街にある、とても閑静なレストラン。しかも超高級店で、私には一生縁のなさそうなお店だ。

高級店で主な客層が貴族の方々なので、当然『服装規定（ドレスコード）』がある。勿論、私はそんなお店に着て行けるような服など持っていない。

そう言ったら、エリザベス様が服や靴やバッグなど、一式プレゼントしてくださった。どれもこれも、手触りからして高級品だ。

貰えないと言うと、エリザベス様は微笑んで仰った。

「私が誘ったのですから、ご用意するのは当然です。費用などは御心配いりません。全部私のお小遣いから出してますから」

逆に申し訳ないです！　エリザベス様のお小遣いだなんて！

「エミリアさんは、誰かに厚意からプレゼントした物を、『いりません』と固辞されたら悲しくなりませんか？」

「なります……」

それは分かっている。けれど、私が誰かに何かをあげたとしても、こんなに高級そうな物にはならない。

「貴族というのは、お金を使って経済を回すのも、義務の内なのです」

それは確かに、経済で習った。ただ散財しているのではなく、その行為で経済は回るのだ、と。

「私は余り高級なものなどを購入したりはしないので、たまにはこうしてお金を使う必要があるのです。ですから、エミリアさんはただ、受け取ってくだされればそれで良いのです」

そう仰ってから、エリザベス様はハッとしたような表情をされた。

「それとも本当は、デザインがお好みではありませんでしたか⁉　私が勝手に、エミリアさんのイメージで購入してしまいましたけれど……！」

「いえ！　そんな事はありません！　全部可愛らしくて、気に入ってます！」

それは本当だ。ワンピースも、コートも、靴も、バッグも。どれも可愛らしくて品の良いもので、本当はすごく嬉しかったのだ。

エリザベス様の『私のイメージ』って、ああいう感じなのかしら……。ちょっと恥ずかしい……。

結局、お洋服一式をいただく事にした。

それを身に着け、指定された場所へ行くと、お店の外でエリザベス様が待っていてくださった。

一人でこんなお店に入るのは怖かったから、とても嬉しく感じた。

お店の中はとても高級感があってキラキラしていて、それだけで足が震えそうになる。

あそこに飾ってある壺とか、幾らくらいするのかしら……。あそこの絵も、何だか額からして高そう……。二月なのに、あんなにお花が飾ってある……。

とにかくビクビクしながら、先を歩かれるエリザベス様の後をついて行った。


通されたのは、個室だった。

そこには既に、一人の女性が居た。

さらっと流れるとても綺麗な金の髪に、澄んだ青い瞳のとても美しい女性。

……もしかして、なんだけど……。何となく……、雰囲気が、王太子殿下に似てらっしゃるような……。いや、まさか……。

そんな事を考えていると、エリザベス様がそちらの女性を手で示された。

「エミリアさんにご紹介します。リナリリア・フローリア・ベルクレイン第一王女殿下でいらっしゃいます」

いやーー!! やっぱりーー!! ど、どど、どうして、王女殿下が……。

「リナリア・フローリア・ベルクレインと申します。本日はお呼びたていたしまして、申し訳ありません」

すっと綺麗に貴族の方のなさる礼をされる殿下に、私は慌てて頭を下げた。

「エ、エミリア・フォーサイスと申します。王女殿下に拝謁賜り、光栄でございます」

挨拶、こんなので良かったのかしら⁉

「お顔を上げて下さい」

とても穏やかな声で言われ、私は恐る恐る顔を上げた。

「エミリアさん、とお呼びしても？」

「は、はい。どうぞ、お好きに……」

「わたくしの事は、是非『リーナ』と」

どうして愛称なの⁉

「無理強いはいけませんよ、リナリア様」

「ではエリィがわたくしをリーナと呼んでちょうだい？」

「構いませんよ、リーナ様」

少し呆れたように笑いつつ言うと、エリザベス様は私の手を引いて下さった。

「さ、まずはお席に着きましょう」


緊張しすぎて料理の味は全く分からなかった。

お食事を終えられると、リナリア様は先に帰って行かれた。この後、ご公務に出られるらしい。

お食事をしながら、沢山のお話をした。

リナリア様は、この国の医療と福祉を、もっと拡充したいのだと仰っていた。それに協力をしてもらえないだろうか、と。

協力と言われても、私はただの学生だ。何が出来るものか……と思ったら、何でもいいから気付いた事を教えて欲しいのだと仰られた。

例えば、診療所に足りない物や人。もっとああならばいいのに、こうすればいいのにというような事。福祉に関しては、身体上の都合で働けなくなった人や、老人や子供に、どういったものがあったら嬉しいかを教えて欲しい、と。

王族であるリナリア様の視点では見えてこない物が、きっとある筈だから、と。平民の私だからこそ見えるものが、きっとある筈だから、と。

リナリア様がそうした取り組みをされている事を知っていたエリザベス様が、信頼できる情報提供者として、私を紹介したのだそうだ。

「……何故、私とリナリア様を、引き合わせようと思われたのですか……？」

リナリア様が居なくなられてから、デザートをいただきつつ、エリザベス様に尋ねてみた。

するとエリザベス様は、口の中のケーキを飲み込んでから、にこっと笑われた。

「エミリアさんの進む道と、リナリア様が進もうとされている道が、きっとどこかで交差すると思ったからです」

私の道と、リナリア様の道……。

「リナリア様は、『この国の医療制度』という、とても大きな課題に取り組んでおられます。そしてエミリアさんは、リナリア様が取り組まれるその『大きなもの』の中にある、『小さな一人』です。大きなものを相手にするリナリア様には、きっと小さな何かが見え辛くなられる事があると思うのです。それを、内側に居る小さな一人であるエミリアさんならば、助けてあげる事が出来るのでは……と思ったのです」

エリザベス様は一度紅茶を飲むと、静かにカップを置かれた。

「例えば、感染症を専門に研究する施設が欲しい、だとか」

その言葉に、私は驚いてしまった。

それは確かに考えていた事だ。学院でも研究は出来る。けれど、圧倒的に資材が足りない。費用もない。人手もない。

「そしてもしも、何らかの感染症を未然に防げる手だてが見つかったならば、リナリア様にお願いして国を動かしてしまえばいい」

国を……。

何だか、考えた事もないくらい、話が大きくなってきた。

けれど確かに、リナリア様ならば、それが出来る。未来の国王の妹君なのだから……。

「個人で出来る事には限りがありますが、リナリア様との交友というのは、つまるところ『国とのパイプ』となり得ます。……きっといつか、エミリアさんのお役に立ちます」

その『いつか』が、いつなのかは分からないけれど。もしも私が本当に、ジガレ熱を防ぐ方法や、治す方法を見つけられたなら。

その時はきっと本当に、『国が動いてくれる』事は強みになる。

「エリザベス様は……」

こちらを見て微笑んでいるエリザベス様を、真っ直ぐに見た。

「私がいつか、ジガレ熱を防ぐ手段か、治療する手段を見つけると、お思いなのですか……？」

まるで必ずそういう日が来るとでも言うように。

その日の為の布石とでも言うように、リナリア様と引き合わせて下さった。

「思っています」

やはり私を真っ直ぐに見て、少し自信ありげな笑みで、エリザベス様ははっきりと仰った。

「エミリアさんの『夢』をお伺いした時に、思ったのです。きっとこの人は、諦めずにやり遂げる人だ……と。ならば私は友人として、出来る限りの協力をしたいと思ったのです」

友人として。

なんと有難い言葉なのだろう。

「私はこれから、誰か個人に肩入れするのが難しい立場となります」

そうですね。いずれ、王妃となられるのですものね。

「ですので、私に出来るのはこれくらいです。後は私は、傍観させていただきます」

そう仰って、少しだけ寂しそうに笑われた。

「では、見ていてください、エリザベス様」

傍観するしか出来ないと仰るならば。

「きっといつか、何かを成し遂げて、エリザベス様に会いに行きます。……それまで、見ていてください」

だからそんなに、寂しそうなお顔をされないでください。

私は今、こんなに嬉しい気持ちでいっぱいなのに。私を嬉しくさせてくださった貴女が、そんな風に笑わないでください。

「約束します。必ず、エリザベス様に会いに行きます」

ただの平民が、簡単にお会いできる立場でなくなる貴女に。会えるだけの何かを成し遂げます。

でも……。

「……おばあちゃんになっちゃってたら、すみません」

「構いませんよ。楽しみにしています」

そう仰って笑ったエリザベス様は、何だか嬉しそうだった。

リナリア様には、月に一度、現状や要望をまとめたレポートを提出している。リナリア様からのお返事は、王城の役人の方が届けて下さる。
時々リナリア様ご本人がおいでになるので、すごくビックリする。

エリザベス様とマリーとは、学内で時々会う。一緒にお茶をしたり、ご飯を食べたり、「最近どう？」なんて話をしたり。

それ以外にも、エリザベス様を時折見かける。

何だか、エリザベス様が居ると、彼女を目で追ってしまう。

時にはお一人で、ぴょんぴょんと跳ぶように歩いていたり。

殿下とお二人でベンチに座っていたり。（そういう時は、じっと見ていると殿下に嫌そうなお顔をされる）

転びそうになって護衛騎士様に助けてもらっていたり。

一度、実験棟でお見かけした。化学の実験室で、化学講師のマッシュ先生と物理学講師のドーソン先生と一緒に、何か実験をしていらした。……実験、よね？　廊下までバターの香りがしてたけど。まさか、クッキーを作ってらっしゃる訳じゃないわよね……？


校内を移動していると、中庭のベンチに王太子殿下が座っておられた。護衛の騎士様は居るが、殿下お一人だ。珍しい。

しかも何やら、物憂げに溜息をついておられる。

どうされたのかしら？　でも私が声をかけるというのも変よね？　そっとしておきましょう。

そう思って歩き出そうとしたら、不意に殿下と目が合ってしまった。

ここで逸らすのも変よね？　一応、会釈しておこうかしら。

頭を下げた私に、殿下が溜息をつかれた。……何か粗相があったかしら？

「フォーサイス嬢、少々いいだろうか……」

「……はい、何でございましょうか？」

本当に、何かしら？

殿下が「こちらへ」と仰るので、お側へと近寄ってみた。殿下は膝の上に、何やら小さな箱を乗せていらっしゃる。……ちょっと待って。あの箱、何だか見覚えがあるわ……。

殿下はもう一度溜息をつかれると、持ってらした箱の蓋を開けた。

……クッキーが、ぎっしり詰まっている。どうして……、ぎっしり詰まる程に作ってしまったんですか……。

「やはり君は、これが何だか分かるようだな」

「……エリザベス様のクッキー、でしょうか……」

「そうだ。一枚どうだ？」

殿下……、それは狡くないですか……？　私ごときが、殿下のご提案を断れる訳、ないじゃないですか……。

「……いただきます」

そう言うしかない。

意を決して、箱からクッキーを一枚頂戴する。前回よりも、見た目が良い。ううん。見た目に騙されちゃダメ。だってエリザベス様だもの。

やっぱりあの化学実験室で、クッキーを作ってらしたのですね……。

「大丈夫だ。今回は硬くもなければ、粉っぽくもない」

『味がある』とは、仰って下さらないのですね……。

手に取ってしまった以上、あとは食べるしかない！　頑張れ、エミリア！

自分を鼓舞しつつ、クッキーを口に運ぶ。サクっとした食感と、僅かながらバターの香りがする。

味は余りしない。

……ちょっと待って。え？　何コレ？

噛んでいる内に、口の中がねちょっとしてくる……。え？　本当に、何コレ⁉

思わず口元を手で押さえると、殿下が溜息をつきつつ遠くをご覧になられた。

「……まだ、あと十五枚もあるのだ……。もう一枚、どうかな？」

私は口の中の何やらねちょねちょした物体を無理やり飲み込むと、一つ息を吐いて殿下を真っ直ぐに見た。

「申し訳ありません。無理です」

不敬になるかもしれないが、これは無理だ。私の手には、まだあと半分以上残っているのだ。それすらも食べきれるのか分からないのに。

「そうか……。そうだよな……。すまない。無理を言って」

「いえ。私こそ、お役に立てず申し訳ありません」

「いや、構わない。……護衛の連中に配っても、まだ余ってしまう……。どうしたものか……」

後ろの護衛の騎士様が、一瞬「え⁉」みたいなお顔をされたけれど……。見なかった事にしておこう。

「殿下の側近の方などは……」

「そうか。その手があったか」

殿下は頷かれると、箱に蓋をして立ち上がった。

「ありがとう、フォーサイス嬢。全て処理する算段が付いた」

「いえ、私は何も。あと殿下、僭越（せんえつ）ですが『処理』は、お言葉としていかがなものかと……」

正直な感想なのだろうけれど。

「ああ、すまない。余りに予想外過ぎて、少々動転していたようだ」

そうですね。私も予想外でした。というか、本当にどうやったらああなるのか……。

「エリィが余りに嬉しそうな笑顔で持ってくるので、つい受け取ってしまったのだ……。受け取った後にこうなる事は分かっていたのに……」

殿下はまた溜息をつかれると、私を見て苦笑された。

「巻き込んで申し訳ない。では、私はこれで」

「はい。私も、失礼いたします」

殿下に頭を下げ、私は足早にカフェテリアへ向かった。とにかく早く、飲み物をいただかなければ！　何か美味しい飲み物を！

あと殿下、お願いです！　本当に、エリザベス様に一言仰っていただけませんか⁉　将来王妃となられる方なのですから、お料理なんてしなくていいんですよね⁉　しなくていいよ、と殿下が仰ってさしあげてください！　そう仰る事が出来るのは、殿下だけなのですから！

そんな学院生活も、あっという間に終わった。
在学中からお付き合いしていた主さんことダニーと、卒業後すぐに夫婦となった。彼が一般教養の教室に居座っていたのは、研究を兼ねた趣味みたいなものだったらしい。
不思議な人だ。

卒業から四年後、リナリア様とエリザベス様の尽力で、医療専門の教育機関が設立された。そこは、私の希望だった研究機関も兼ねている。

リナリア様がお輿入れされたアリスト公爵家と、エリザベス様のご実家マクナガン公爵家、そして国からの共同出資だ。

設立記念碑が建てられたのだが、そこに私の名前も何故か載っている。

私は何にもしてないのに！　と思うけれど、リナリア様やエリザベス様のお名前と一緒に自分の名前があるのが嬉しくて、これはこれでいっか、なんて思っていたりする。

そして更に時は流れて。

長い長い時間がかかってしまったけれど、私たち研究チームは、ジガレ熱の特効薬を作り出す事に成功した。同時に、予防法も。

時折、エリザベス様が、リナリア様を通じて助言をくださった。

見ていてくれてるんだ、と嬉しくなった。

それから五年経ち、この国でジガレ熱で死亡する人間は、殆ど居なくなった。

厄介だった病の予防法と治療法を確立した功績で、私は受勲する事となった。同時に、当代限りではあるが、男爵の爵位まで賜ってしまった。

夫のダニーは「男爵家の三男から平民になって、また男爵だ」と笑っていた。

そして今、その授勲の式典である。

目の前にはエリザベス様。お互い、歳をとりましたね。でもエリザベス様は、今も変わらず、お可愛らしくて、お美しい。

私の手をしっかりと握り、とても嬉しそうに微笑んでいらっしゃる。

「約束、守ってくださいましたね」

当たり前です。その為に、頑張ったんです。元々は、私のただの夢だったのを。貴女が拾い上げて、手を差し伸べて下さったから。だからここまで来れたんです。

もっと何か言いたいのに、言葉が出ない。こんなに近くに、貴女が居るのに。

ああ、でも、これだけはお伝えしたい。

「私は……、エリザベス様にお会いできて、幸運でした。……貴女に会えて、良かった……」

そう言った私にエリザベス様は、微笑んで「私もです」と頷いてくださったのだった。

閑話　人は見た目が九割……か？

私は現在、学院に通わせてもらっている。

我儘を通した形であるが、だからこそ、やらねばならぬ事はしっかりしなければならない。

両陛下はなるべく私の参加する公務を減らしてくださっているが、それでも外せないものはどうしてもある。そういう日は学院は欠席となる。

学院側にも話は通してあり、私に関しては出席率は単位に含まれない事になっている。

様々な人々に迷惑をかけているが、それを許してもらえているというのは、とても有難い事だ。

彼らに報いる為にも、私はやるべき事は手を抜かぬようにせねばならないのだ。

公務の他にも、執務が溜まって休まざるを得ない日もある。

今日もそうだ。

基本的には側近である三人に任せているのだが、どうしても私の決裁の必要なものも多くある。

そういうものがある程度溜まってくると、仕方なく学院を休む事になる。


城の廊下を側近のロバートと共に歩いていると、向こうからエリィが歩いてきた。

エリィは時々、跳ねるようにぴょんぴょんとした足取りで歩いている事がある。可愛らしくて私は好きなのだが、淑女の行儀としては余り褒められたものではない為、時々しか見る事が出来ない。

……公式な場でないなら、そんなに気を遣わなくてもいいのに。可愛いのだから。きっと皆、文句など言わないだろうに。可愛いのだから。

エリィは私とロバートに気付くと、私たちに進路を譲るように廊下の端に寄った。

「お帰り、エリィ」

学院が終わって帰って来たのであろうエリィに言うと、エリィは私を見て微笑んだ。

「只今帰りました。レオン様はお疲れ様です」

「うん。疲れたね……」

まだ終わらないが。

「閣下もお疲れさまでございます」

ロバートに向けて軽く頭を下げるエリィに、ロバートが「いえ、どうぞお気遣いなく」などと言っている。

エリィは下げていた頭を上げると、はたと思い立ったようにロバートを見た。

「そう言えば、閣下の妹君は、お元気でいらっしゃいますか？」

「妹ですか？」

突然の質問に、ロバートがきょとんとしている。

ロバートの妹というと、あのご令嬢か。……名前は、何だったかな……。エリィのおかげで本当に、『縦ロール』としか名前が出てこないな……。

エリィは彼女の名を覚えているのだろうか。記憶力が良いから、覚えているかもしれない。けれど、存外いい加減なところもあるから、本当に覚えていない可能性もある。

私はロバートの耳元に口を寄せると、小声で「エリィにお前の妹の名を尋ねてみてくれ」と言った。

その言葉に良く分からないというような顔をしつつも、ロバートはエリィに向かって微笑んだ。

「エリザベス様と妹は、一度しかお顔を合わせた事がありませんのに、覚えていてくださってありがとうございます。……時に、私の妹の名をご存じで？」

「お名前は、た……、いえ、ンンッ、失礼いたしました。申し訳ございません、少々、思い出せませんで……」

『た』と言ったな。やはりエリィの中で彼女は『縦ロール』なのだな。

これでいいかと言うように私を見たロバートに、私はこっそり頷いた。

「妹の名はフローレンスでございます。……尤(もっと)も、妹がエリザベス様の前に顔を出すような事はございませんので、覚えていただかなくても大丈夫ですが」

「ああ……。そうでした。フローレンス様。思い出しました」

うんうんと頷いている。

……うん、人の事は言えないが、完全に忘れていたね、エリィ。

「あの、ロバート閣下にお伺いしたいのですが……」

「はい、何でしょう？」

「フローレンス様の御髪(おぐし)は、どのように整えておられるのでしょうか？　閣下はご存じでいらっしゃいますか？」

まだ忘れてなかったのか、エリィ‼

八歳の茶会の後、エリィが彼女の髪型をしきりに気にしていた事があった。……が、それはすぐに話題に上らなくなったので、もう興味を失ったのかと思っていたのだが……。

「髪……ですか？」

「はい。フローレンス様はとても素敵な髪型をなさっていたので、気になってしまって」

真剣な顔で頷くエリィを見て、ロバートが少し困ったように私を見た。

マクナガン家のハンドサイン程正確ではないが、私たちとて言葉にせずともある程度の意思疎通は出来る。長時間共に居るが故の技だ。

知っていても教えるなよ、という思いでロバートを見ると、ロバートはエリィを見て苦笑した。

「いえ。申し訳ありませんが……。女性の支度などには興味が薄いもので、妹に関しても私はあまり存じません」

「そうですか……。そうですね。こちらこそ、申し訳ありません。おかしな質問をしてしまいました」

諦めたか？　諦めたんだよな⁉

「では、レオン様、閣下、私は失礼いたします。足をお止めしてしまい、申し訳ありませんでした」

エリィは優雅に一礼すると、その場を去って行った。後ろに居るマリナと何やら話をしているのが、何となく不安であるが……。


「……殿下、先ほどのエリザベス様の質問は、意図は何だったのですか？」

エリィたちが充分に遠ざかってから、ロバートが口を開いた。

まあ、ロバートからしたら不思議議だろう。エリィと縦ロール嬢に、あの茶会以来接点などない。

私は深い溜息をついた。

「エリィは、お前の妹のあの見事な縦ロールが好きなのだ」

「……は？」

ロバートがえらく難しそうに眉間に皺を寄せている。

うん。意味が分からないだろうな。私にも分からない。

「件の茶会の後も、ずっとその話ばかりだった。あの見事な縦ロールは、どうしたら作れるのだろうか、とな」

「は、あ……」

「アリスト公爵邸に忍び込んで、秘密を探るかとまで言い出しかねなかった」

もうロバートが返事もしない。ただただぽかんとしている。

「あれ程に素晴らしい縦ロールは、他に居ない、と。どうしたらあそこまで乱れぬように出来るのか、と。数日悩んでいたようだ」

「何故、そこまで……」

「浪漫だそうだ」

「浪漫……」

分からないだろう？　そうだよな、分からないよな。だが。

「お前、間違ってもエリィにその話を振るなよ」

「何故です？」

「話を振ったうえで、今のような『理解できない』という顔を見せると、エリィに懇々と諭される事になる。『縦ロールにいかな浪漫が詰まっているのか』を」

私がやられたのだ。間違いない。

しかも聞いても全く理解が出来ない話だ。ちょっとした苦痛だった。エリィなら何をしていても可愛いと思う私ですら苦痛を覚えたのだ。他の者なら、もっと苦痛に感じるだろう。

恐らく、私が遠い目をしてしまったからだろう。ロバートが神妙な顔をして「肝に銘じます」と呟いたのだった。

しばらく後の週末。
週末は学院が休みである。城内の部署も、休みのところが多い。だが、その間に片付けられる仕事を片付けてしまおうと、私は執務室に籠っていた。

ロバートも手伝ってくれている。

ドアがノックされ、侍従が顔を出した。

「失礼いたします、殿下。エリザベス様が面会をご希望ですが、いかがなさいますか」

「通してくれ」

「畏まりました」

丁寧に礼をした侍従が下がり、暫くしてエリィがやって来た。

「お時間いただきまして、ありがとうございます」

戸口で丁寧に一礼したエリィを見て、私は思わず呆然としてしまった。ロバートもそちらを見て、手に持っていたペンを取り落としている。

エリィはなんと、見事な縦ロールになっていた。

しかもえらく満足げな笑みだ。ちょっと得意げですらある。

「いかがですか、レオン様！　中々良い出来の縦ロールではありませんか⁉」

「あ、いや……、それは、どうしたのかな……？」

出来の良し悪しなど、分かりようもないよ……。もう、何をどう言ったらいいのかも分からないよ……。

「あのお茶会で縦ロール様と出会ってから、苦節四年。やっとここまでたどり着きました！」

エリィ、彼女の名前が『縦ロール』になってるから！

というか、もしやあれからずっと研究を続けていたのか⁉　なんと……無駄な……。

「どうです⁉　頭を振ってもこの通り……」

言いながら、エリィは頭を左右に振ってみせる。エリィの縦ロールには、一筋の乱れもない。

……え⁉　どうなっているんだ⁉　まるで本当に、縦ロール嬢の縦ロールのようじゃないか！

「全く乱れません！」

えへん、とでも言いそうに胸を張るエリィは可愛いのだが……。何故……、縦ロール……。

「いかがですか、閣下！　縦ロール様の縦ロールに近付いているとは思いませんか⁉」

だから名前が『縦ロール様』になってるから、エリィ。……興奮して、気付いていないな……。

「そ……う、です、ね？」

何と歯切れの悪い返事か。ここまでロバートが言葉に詰まるのを、初めて見た。

やはりエリィは凄いな。……斜め上に。

しかしエリィはご機嫌だ。

「ですよね！　やっと私の納得のゆくクオリティのものが仕上がったので、どうしてもレオン様にお見せしたくて！」

「あ……ああ、そう、か……」

私はどうしたらいいんだ？　……礼を言うべきなのか？　正解を教えてくれ、エリィ……。

しかしこれだけは言っておかねばならない。

「ねえ、エリィ……」

「はい？」

ご機嫌な君に水を差すようで申し訳ないが、どうしても言わせてくれ！

「私は、いつもの君の方が好きだよ」

その言葉に、エリィが案の定ショックを受けたような顔をする。

「ダメ……ですか……？　縦ロール……。こんなに、素晴らしい出来なのに……」

エリィは自身の見事に巻かれた髪をひと房手に取り、悲し気にそこに視線を落とす。何だか、ものすごく悪い事を言ってしまったような……。

……いや‼

言ってない！　大丈夫だ！　私は決して、間違った事は言ってない筈だ！

「いや、素晴らしい出来だとは思う。けれど、人には好みというものがあるだろう？」

「それは、確かにそうですね……」

しゅんとしながらも、エリィが手に持っていた髪をそっと放し、顔を上げる。

「私は、いつものエリィの髪の方が好きなのだ。どうか、私の前ではいつも通りの君で居てくれないだろうか？」

「……はい」

少し残念そうだが頷いてくれたエリィに、心からほっとする。

「では……」

エリィは私を見たまま、いつも通りに微笑んだ。

「縦ロールは、レオン様のいらっしゃらないところで楽しむ事にします」

そういう……事でも、ないんだが……。

いや、ここは妥協すべきだろう。これ以上エリィを悲しませるのは本意ではない。

「是非、そうしてくれ。すまないね」

「いえ。では、お時間いただきまして、有難うございました。失礼いたします」

エリィはまた、入ってきた時同様に丁寧に一礼すると、そのまま出て行ってしまった。

「殿下……。あれは、一体……」

静かに閉じられた扉を呆然と見ているロバートに、私は溜息をついた。

「四年も……、研究していたとは……」

『諦め』というものも、時には大切だと思うよ、エリィ……。この分だと恐らく、菓子作りも諦めていないな……。何だろう……、嫌な予感しかしない。

「縦ロール様とは……」

「……そこは、触れないでやってくれ」

恐らく本人は気付いていないのだから。

後日、エリィの縦ロール研究において、学院の友人であるエミリア・フォーサイス嬢が多大なる貢献をしたらしい事が判明した。

さすがはエミリアさんです！　女子力、激高です！　とエリィが興奮しながら言っていたが……。

仲の良い友人が出来て良かったという思いと、何を吹き込んでくれているのだという思いがせめぎ合うのだった……。

第3話　公爵令息エドアルド・アリストと、その周囲の人々。

ある日の夕食時、兄が珍しいくらいの満面の笑みで言った。

「母上、エドアルド、報告があります」

「何ですか、ロバート。改まって……」

少々面食らったように、けれど笑いつつ促した母に、兄はやはり笑顔で言い放った。

「生涯の伴侶となる相手を得ました。婚姻は王太子殿下の式の後となりますが、既にあちらのご両親にも了承を得ております」

「は……？」

ぽかーん、だ。

私だけでなく、母もぽかーんだ。

マナーに厳しい母上が、思わず手に持っていたナフキンを取り落としている。母のこのような失態は初めて見る。

給仕の侍女が慌てて母の落としたナフキンを拾っている。彼女も驚いたようだ。母が粗相をするなど、使用人たちも見た事がないだろうから仕方ない。

「兄上……、今のお話は、本当なのですか……？」

「嘘を言う必要が、何処に？」

もんのすごく良い笑顔だ。

……残念な事に、兄の笑顔は本心からのものであっても、どこか胡散臭く見えるのだが。

「お前には頼みたい事が一つあるのだが……」

「はい？　何でしょう？」

「私が妻をとっても、彼女は家や領の仕事などには余り関わる事が出来ない。なので今後も、そういった仕事を頼みたいのだが……、任せて構わないだろうか？」

「それは、まあ……、はい。構いませんが……」

家の雑事に関しては、主に仕切っているのは母と執事だ。私がやっているのは、母の手伝い程度のものだ。

領地の経営に関しては、本来は当主である兄の仕事であるのだが、兄は国政に関わる身で多忙な為、私が代行をしている。

幸い、家内の差配も領地経営も、嫌いな仕事ではない。

この先も、兄は国の中枢で更に忙しくなるであろうから、領地経営は私の仕事となるだろうな……とは考えていた。

だが少なくとも、兄が妻を娶ったなら、家の事はその妻――『公爵夫人』の仕事なのではなかろうか。それとも、そういった『雑事』（に見える仕事）を厭うご令嬢なのだろうか。

いや、この兄の選ぶ女性が、それはないな。

夜会で擦り寄って来たご令嬢に、「ロバート様が今一番興味がおありな事は、何でございますの？」と尋ねられ、笑顔で「商業商店法二十三条三項―一は必要か否か、でしょうか」と答えるような人間だ。当然だが、ご令嬢は「そ、そうでございますか……」と引き攣った笑みを浮かべ去って行った。

余談だが、その話題に食いついてきたのは、王太子殿下とそのご婚約者様と殿下の側近のポール・ネルソンの三人だけだったそうだ。更に余談だが、三人とも異口同音に「不要」と答えたそうだ。

……食いつく人、三人も居るんだ……と、兄の周囲の人間関係に「うわぁ……」と思ったものだ。

詳しい話は食事の後で、という事で、取り敢えず夕食を済ませる事にした。

母の動揺が凄まじく、母は食事中に一度ナイフを取り落とし、更に二度フォークを交換してもらっていた。

まあそうなる気持ちは分かる。

なにせこの兄は常々、「後嗣さえ居れば、妻など取らずとも良いのではないだろうか」と真顔で言っていた人間だ。

挙句「顔立ちの似通った遺児を引き取り、私の子という事にする……というのは、どうだろうか？」とまで言い出していた。どうだろうか？って、ダメに決まっているのだが。

余りにやりかねない勢いだったので、私と母とで「王家を謀る気ですか」と必死で諫めてきていたのだ。

青天の霹靂(へきれき)とは、このような状況を言うのではなかろうか。……夜だが。

「……で、お相手は何処のどなたなのですか？」

食事を終え、場所をサロンに移し、母が兄に真っ先に尋ねた。

兄はやはり晴れ晴れとした良い笑顔だ。何と胡散臭いのか……。

「リナリア・フローリア・ベルクレイン殿下です」

兄の言葉に、母も私も時が止まったように固まってしまった。

今、兄は何と言ったか……。

「リナリア……第一王女、殿下……？　そう言いましたか、ロバート……？」

絞り出すような声で尋ねた母に、兄は笑顔で頷いた。

「はい。その通りです」

「は……」

母はもう言葉もない。

当然だ。

我がアリスト公爵家は以前、王妃陛下に対して不敬を働き、家格を落とされるという罰を受けている。その家に、王女殿下が降嫁？　そんな事があるのか？

しかも政治的に、我が家に降嫁されても、大したメリットなどが見当たらない。

公爵家序列最下位となった際、我が家を勝手に取り巻いていたような連中はあらかた去ってしまっている。残っていた「それでもまだメリットはあるのでは」と考える下衆(げす)共は、兄が全て追い払った。我が家が囲う閥などは、現在は無きに等しい。

我が家に残っているのは、マクナガン公爵家に次ぐ古さのみだ。

……まあ、かの家も『最も古い公爵家』というだけの不思議な家だが。今では一応、次期王妃の生家ではあるか。

というか、ちょっと待てよ……。

「兄上、先ほどの夕食の席で『既にあちらのご両親にも了承を得ている』と言いませんでしたか……?」

「言ったが？　それがどうかしたか？」

どうか、じゃありませんよね⁉

王女殿下の『ご両親』て、国王陛下と王妃陛下ですよね⁉　了承を得ているってつまり、『もうひっくり返せない』って事ですよね⁉

「りょ……両陛下に、既にご了承いただいているのですか……?」

母の顔色が悪い。

「はい。本日、両陛下にお時間をいただき、リーナと共に降嫁のお許しを戴きに上がりました。両陛下より、笑顔で祝福をいただきました」

兄上、めっちゃ笑顔なのはいいんですけど、母上のお顔の色が優れないのに気付いてあげてください！

ていうか兄上、王女殿下を愛称でお呼びなんですね！　ビックリしすぎて、言葉が出ませんよ！

もう何を言ったら良いかが分からなくなり、その場はお開きにする事にした。母は侍女に手を借り、よろよろとした足取りで自室へと戻っていった。

私は兄に尋ねたい事が幾らでもあったのだが、兄が「持ち帰った仕事があるから」と自室へ引っ込んでしまった為、私も仕方なく自室へと戻った。


我が家は公爵家だ。

ほんの数年前までは、公爵家の序列一位だった。爵位の最高位である公爵位で、その一位だ。貴族の頂点だ。

何かを勘違いするには、十二分な地位だろう。

貴族とは、様々な特権を有する。その特権も、階級によって変化し、上位になればなる程に増えていく。頂点である我が家には、それは様々な特権が付与されていた。

だが、忘れてはいけない。

『権利』の行使には、『義務』の履行が必須なのだ。商店で物を『買う』際に、金銭での『支払い』が必要なように。

ただ『ふんぞり返って我儘放題』は、決して許される行いではない。それは『商店の品物を無断で持ち出す』行いと同義だ。

後者は刑罰法によって裁かれる。ならば前者はというと、貴族法によって裁かれるべきものだ。

残念な事に、私たちの父は、それを『勘違い』した人物だった。

貴族の頂点たる己は、ありとあらゆる傲慢が許される立場であるのだと。金は寝ていても手に入る。己の言葉は絶対。王家とて我が家がなくなれば困るのだから、我が家が王家に対して下手に出過ぎる必要などない。

……人とは、こうも勘違い出来るものなのか。我が父ながら、呆れて言葉もない。

しかも我が家が最高の家格を戴いていたのは、祖父の勲功あっての事だ。父はそれに一切の貢献をしていない。誰が見てもそれは明らかであったので、まともな思考の出来る者たちは父の周囲から去って行った。

残るは我が家を食い潰そうと狙う、下衆な獣のような連中ばかりだ。

父の肥大化した自尊心と欲望は、留まるところを知らなかった。私たちの妹——つまり己が娘を、王家に嫁そうと狙っていた。

それで王家を背後から牛耳ろうとでも思ったのか。どう考えても無理筋だが。

見え透いた悪知恵程度しか働かない小悪党程度の父では、あの王家には太刀打ちなど出来よう筈もなかろうに。

そう兄に零したら、兄は皮肉気に笑った。

「己の小ささを知らぬからこそ、相手の大きさにも気付かないのだろうよ。目の前にあるのが巨大な山であっても、正に目先しか見ないのだから、それが山であるとも気付かないのさ」

全く、その通りだ。

そして案の定、王太子殿下は婚約者を選定する際、妹の名すら出す事がなかったそうだ。

まあそれはそうだ。父を小さな少女にしただけのような、扱いの厄介な娘だ。選ばれよう筈がない。

王太子殿下の婚約者は、最終的に三人程度まで候補が絞られた中から、一番ないだろうと思われていたマクナガン公爵家のご令嬢に決まった。

何故『一番ない』と思われていたかというと、まずは殿下と少々歳が離れている事がある。そして、国政に全く興味を示さない家である事。幼すぎてご令嬢の情報が全くない事、などが理由だ。

殿下の婚約者が正式に決まった後、父が「我が家の方がマクナガンなどより利があるというのに！」と憤慨していた。

が、父の言う『利』は、あちらにしてみたら『不利』で『不要』なものばかりであっただろう。

父に耳当たりの良い事ばかりを吹き込まれ続けていた妹は、その決定に癇癪を起こしていた。

……癇癪持ちの娘など、余計に誰からも敬遠されるだろうに。まあ、言うだけ無駄か。

その頃には、母はすっかり父と妹を見限っていた。兄も二人を見放すのが早かった。

私はそれでも少しだけ、あの無知で蒙昧な妹はただの父の妄想の被害者なのでは……と同情する気持ちがあった。父に関しては、救いようがないと思っていたが。

そして、その二人が当然の如くにやらかした。

よりによって王家主催の茶会において、妹が『掴み合いの喧嘩』などという貴族令嬢にあるまじき行いをやってくれた。最も格式高い場で、格もへったくれもない行いだ。話を聞いて、俄かには信じられず、思わず呆けてしまった。

それに対する罰は、『一年間の登城の禁止』だった。

これはかなり甘い罰だ。お決めになられたのは王妃陛下だったそうだが、『幼い娘の行いである故』という温情が見てとれる。これが成人済みの女性であったなら、それだけでは済まない沙汰であっただろう。

だが父はそれに不満を漏らし、あろう事か自ら王妃陛下に異議を申し立てた。

馬鹿なのだろうか。……馬鹿なのだろうな。

そこからの兄の動きが早かった。獲物を見つけた獣でもあれ程早くは動けないだろう、というくらい早かった。

当時、スタインフォード学院で法科を選択していた兄は、講師の助力を得て資料を纏め、それを父に突き付けた。

父が放棄し続けた『貴族の義務』に関する事柄、妹へと注ぎ込んだ金銭、父の見栄の為に浪費された金銭、父が無視し続けている領地からの嘆願、その他様々な書類。

それらの束を、父の目の前に積み上げて、兄は笑顔で言い放ったのだ。

「これらを纏めて貴族院の調停所へ提出すれば、我が家を伯爵家とする事も恐らく可能です。いかがしますか、父上。その座にしがみ付き続け『伯爵』と呼ばれるか、それとも今すぐその座を退き『元公爵』と呼ばれるか」

それを間近で見ていた感想は、ただ一言。

怖(こわ)‼

それだけだ。

敵意を向けられていない私ですらそう思ってしまったのだ。真正面から敵意と怒りを向けられていた父は、今にも倒れそうな程に顔色が悪かった。蒼白ではない。通り越して、土気色(つちけいろ)になっていた。

兄の交渉法は、詐欺師のそれだった。

最初に到底飲めない要求を差し出した後、比較して飲めそうな要求を出す。冷静に考えたら、どちらも飲めない要求である筈なのだが、今の父には『冷静な判断』など出来ない。兄がそれを出来なくさせているのだ。

それから一週間も待たずに、父は公爵位を退き、逃げるように領地へと去った。

一連の父に対する兄を見ていた妹は、自分も兄に敵意を向けられる側と悟ったのだろう。父について行くと邸を出て行った。

二人が去り、母と兄とで王妃陛下に当主の更迭(こうてつ)という手土産付きで改めて謝罪をし、陛下からは御寛恕(ごかんじょ)いただいた。だが一応の罰として、家格の序列を公爵家最下位まで落とされた。

それも大分温(ぬる)い罰なので、陛下には感謝しかない。

一連の騒動のけじめがついた後、兄はまた笑顔で言った。

「さあ、後は残った屑(くず)共を一掃しようか」

……何故……、そういう台詞を言う時だけ、妙に生き生きしているのですか……。しかも何故、そう輝かんばかりの良い笑顔なのですか……。

この人にだけは逆らわないようにしよう。

私はそう心に決めた。

父が公爵位を退いた後、暫くは母が『公爵代理』となっていた。そして、兄が成人すると、母はその座を兄に譲った。

弱冠十八歳の『最年少公爵』誕生である。

その頃、王太子殿下から兄に対して、殿下の側近への登用の要請があった。どうやら殿下は、我が家の情勢が落ち着くのを待ってくださっていたらしい。

兄はそれを二つ返事で引き受け、今に至る。

最年少公爵で、王太子殿下の側近。それはつまり、将来の出世が約束されている、最高位貴族という事だ。

おまけに兄は、見目がすこぶる良い。

中身は……、まあ……、うん。いや！　悪い人では決してない！　それは確かだ！　私にとっては、尊敬できる良き兄だ。……妹から見たら、どうなのかは知らないが。

兄が爵位を継承して以降、様々な家から縁談の申し出があった。それらの書状が届くたび、兄は心底面倒くさそうな溜息をつく。

まあ、気持ちは分かる。

断るにしても理由は必要だ。特に、侯爵家などの高位の貴族家に対しては。その文言に、兄は常に頭を悩ませていた。

私にも縁談の申し出はあるのだが、『婿に』という話は全てお断りしている。私は恐らく、このままアリスト公爵家に居残り、領地を管理していかねばならないからだ。

兄にその時間の余裕があれば良いのだろうが、領地より広大な『国』の政を担うのだ。領地の管理にまでは手が回らないだろう。

ただ、余りに兄が片っ端から縁談を断るので、母が「あの子はもしかして、女性に興味がないとかそういう事はないかしら……」と心配していた。

それを兄にそれとなく伝えると、兄は「別にそういう訳でもないんだが……」と溜息をついていた。

私には少なからず兄の気持ちは分かる。

夜会などへ出席すると、擦り寄ってくるのは『見目』か『権力』か『財力』と結ばれたいらしい女性が多いからだ。もし私にそれら要素が全てなかったとしたならば、彼女らは私になど目もくれないだろう。

別に、燃えるような恋がしたい、などとは思っていない。

けれども、可能であるならば、それらの謂わば『おまけ』のような要素だけを目当てとする人以外がいい。

大した権力も財力もない私ですらそうなのだ。既に『公爵閣下』と呼ばれる兄は、それ以上だろう。

「参考までに、兄上はどのような女性をお望みになるのです？」

そう尋ねると、兄はまた溜息をついた。

「『私と仕事と、どちらが大切なのですか？』などという、馬鹿げた問いを発しない女性かな」

ああ……、そうですね……。

実は兄は、一度婚約が白紙に戻っている。

父が見つけ、宛がってきたご令嬢だった。伯爵家の二女であった。

兄は今ほど多忙ではないにしろ、『いずれ公爵として立たねばならぬ日の為に』と、様々な学問に精を出していた。それによって、ご令嬢と会う予定が潰れる事が、何度かあったのだ。

そして幾度目かの予定が潰れたある日、ご令嬢が兄に言ったそうだ。

「わたくしとお勉強、どちらが大切なのですか？」と。

兄は一瞬の間の後、笑顔で答えたそうだ。

「その言葉が出た瞬間、学問の方が大切となりました」

……どうせ、ものっすごくいい笑顔だったのでしょうね……。兄上ですからね……。

その数日後、婚約は綺麗に撤回された。あちらのご令嬢が、もう嫌だと泣きながら両親に詰め寄ったらしい。

格上である公爵家からの縁談申し込みであったが、このままでは娘が修道女にでもなりかねん。

無礼であるのは重々承知であるが、この話はなかった事にして欲しい、と。

苦々しい表情でそれを告げた父に、兄はやはり晴れ晴れとした笑顔だった。

この人の笑顔、怖い……。

その兄が、王女殿下と婚約……。

王城にお住まいになられている殿下と、城勤めの兄となら、接点はあってもおかしくない。むしろ、王女殿下の兄上であらせられる王太子殿下の側近を務めているのだから、顔を合わせる機会などいくらでもあるというものだろう。

王女殿下は才女と名高い。兄のふるいに掛ける気満々の、あの底意地の悪い物言いにも、王女殿下であれば気の利いた答えを返してくれそうだ。……実際の為人（ひととなり）は知らないが。

王女殿下は今、何歳でいらしたかな……。確か、王太子殿下の三つ下でいらしたかな……。殿下が今十七歳でいらしたから、王女殿下は十四か……。兄とは七つ違うのか……。いや、まあ、もっと歳の差のある夫婦も珍しくないから、そう驚く事でもないのかな。

いや、でもな……。うー……ん……。

しかし私が幾ら考えてみたところで、今更でしかない。両陛下にお許しを戴いてしまっているのだから。

しかし昨日まで、兄にそんな素振りは微塵もなかったけどな……。

後日、驚きの事実が判明した。

この唐突に過ぎる婚約の裏話は、当日いきなりリナリア殿下から婚姻の申し出があり、殿下のお話を聞いた兄がその場で即決した、というとんでもないものだった。

更に驚いた事に、話が驚きの速度でまとまった直後、二人で両陛下に許可を頂きに行ったというのだ。

だから、早いんですよ！　思い立ってからの行動が！

思わずそう言ってしまった私に、兄が楽し気に笑った。

「いや。その場で『早速両陛下に許可を』と言い出したのは、私でなくリーナだな。王女の降嫁などという一大事を、彼女一人に背負わせるのは情けないので、私も一緒に行っただけだ」

うわぁ……。もしかしなくても、リナリア殿下というお方は、この兄を女性にしたような人物なのではなかろうか……。それは怖……いや、恐ろし……いや、えーっと……頼もしい。そう！　頼もしい！

ああ、分かったぞ。兄が『妻をとっても、家や領の事は私に任せたい』と言った理由が。

それら『些事（さじ）』を厭うて……などではない。実際は、貴族夫人にとってそれらは些事どころか大事なのだが。

しかしお相手はリナリア殿下だ。

恐らく、彼女が見ているもの、相手取ろうとしているものは、『国』だ。『国内の一領地』ではない。『そこの領民』でもない。

多数の領が合わさった、『国そのもの』と『国民全員』だ。それは、兄が見据えているものと同じだ。

『国』を相手に変革を為そうとする殿下には、『領地』の問題はまさに些事であろう。

ああ、もう！　そんなの、協力しない訳にいかないじゃないか！

これから大変だぞ。

そう思いつつも、私は何だか、兄と殿下がこれから何を為すのかと楽しみに思い、幼い頃のようにわくわくする気持ちを覚えるのだった。

兄の唐突過ぎる「伴侶となる相手を得た」発言からひと月後。両家の顔合わせという、恐ろしい行事がやってきた。

通常の婚約や婚姻であれば、それはあって当然の行事だ。『婚姻』というものは、家同士の結びつきにもなる。『閨閥（けいばつ）』という閥もあるくらいだ。

が、この婚姻でそういった閥は発生しない。何せお相手は王族だ。『閥に囲われる』側ではない。

それに、現ベルクレイン王家は、一切の閥などを囲わない独立独歩な姿勢の王家だ。ベルクレイン王家の初代王の遺（のこ）した言葉に『公正であれ』とあるくらいの家だ。

やっぱり、相手が大きすぎる……。

『顔合わせ』という行事で、あちらから出て来るのは『陛下』に『殿下』だ。

今更だけど、私は行かなくても良いのではないかな……。あ、駄目ですか、兄上……。そうですか……。


城へ向かう我が家の馬車の中は、緊張のあまりにしんと静まり返っていた。

母などは朝からずっと顔色が悪い。朝食も殆ど召し上がっていなかったようだ。ただ、兄だけが平然と、シートに深く凭れ涼しい顔で書類を捲っていた。

……兄上、『緊張』というもの、ご存知ですか……？

父と妹は、当然欠席だ。

一応、父の公爵退位は『病気療養の為』となっているが、あれだけ派手にやらかせば周囲は「あっ……（察し）」となる。当然だ。簡単に察せられて当然の裏事情ではあるが、表向きは病床の人物をこのような場に引っ張り出す事は出来ない。

便利な言葉だなぁ、『病気療養』。

父のやらかしで、我が家は多少の肩身の狭い思いをする事になった。だが、悪い事ばかりでもない。

『厄介に関わりたくない』という人々は離れて行ってくれるし、わざわざ嘲笑しに来てくれるような性根の腐った連中は切る事が出来る。

兄は「自ら『己は小物です』と申告しに来てくれるのだから、むしろ礼を言いたいくらいだな」と爽やかに胡散臭く笑っていたが。

この人に『逆境』は存在しないのか……？


実は以前、私は妹に会いに行った事がある。

自ら望んで父について領地へと行った妹だが、その数か月後から、王都へ戻りたいという内容の手紙が届くようになっていた。

兄は「まだ早い」と判断していたようで、それらに返事すらする事はなかったが。

初めの頃はそれこそ、「父と二人の生活は面白くない」というような、立場を理解していない愚痴めいた文面だった。

兄が握り潰すのも当然だ。

それが次第に、愚痴ではなく懇願へと変わっていった。

王都の公爵邸でなくて構わない。王都でなくとも構わない。どこか父とは別の場所で生活させてもらえないか。

そんな内容だ。

そして私が「様子を見に行かねば」と決意したのは、妹が領地へ行ってから一年ほど経った頃に届いた手紙だった。


お願いします。修道院でも構いません。どこか、お父様とは別の場所へ移動させてください。

お兄様、お願いです。わたくしがした事をお許しになられずとも構いません。わたくしの顔など見たくもないと仰るのであれば、どこか遠くでひっそりと暮らします。別の国へ渡っても構いません。

お願いします。この家から出させてください。

お願いします。お願いします。お願いします。お願いします。お願いします。お願いします。お願いします。お願いします。お願いします。お願いします。お願いします。お願いします。お願いします。お願いします。

便箋に三枚。頭の数行以外は全て『お願いします。』で埋め尽くされた手紙だった。

怖っ!! ていうか、ヤッバ!!

兄は妹からの手紙を後回しにしがちなので、まず私が検めるのが通例のようになっていた。なのでその手紙の封を切ったのも私だ。

妹の精神状態がさすがに不安になり、私は慌てて兄にその手紙を見せた。

兄は暫く手紙に目を落とし、『お願いします。』だらけの二枚目と三枚目の便箋をぱらっと捲った後、ふっと小さく笑った。

いや、笑ったよ、この人! 何なの、怖い!! 何でこれ見て笑えんの!?

「一度、状況を確認しに行かねばならないかな」

そう言いながらも、口元には笑みが浮かんでいる。

怖!! それは何の笑いなんですか!?

妹の様子を見に行くのに、私は自ら志願した。

妹は恐らく、兄本人や兄の手の者などを恐れるだろうから。

兄は妹を嫌うというより、呆れていた。そして現在は、立派な無関心だ。兄にとって妹は、路傍の石などより意味のない存在だろう。

けれど私は、そこまで無関心になり切れなかった。それが良い事なのか悪い事なのかは、私にも分からないが。

幼子が、己が学ばされている学問やマナーなどの『意味』を知るのは、容易ではない。それらが『何故必要であるのか』や、『何の役に立つのか』という事は、物事の道理が分かってからでないと理解できない。

それら『自分にとって面白くないもの』を妹が嫌ったのは、ある種仕方のない事だったのではなかろうか。

その『面白くないもの』『嫌なもの』を押し付けて来る（ように感じる）母を嫌ったのも。

そして、それらから庇ってくれる父に懐いたのは、とても自然な事なのではないだろうか。

確かにこちらの言葉に耳を傾けようとしなかった妹にも、間違いなく咎（とが）はある。

特に我が家は筆頭公爵家であったのだ。他よりも規範に則っていなければならない立場だったのだ。たった一度、ほんの僅かな過ちも、他家より厳しい目で見られる立場だ。

それを理解しようとしなかった妹は、確かに愚かではある。

だが。

私たちも、もう少し妹に寄り添うべきだったのではなかろうか。見限るのが早すぎたのではないだろうか。

そんな、後悔にも似たものが、私の中にずっと蟠っていたのだ。

きっと兄は、私のそういう思いに気付いていたのだろう。

「手を貸すのか、貸さないのか。手を貸すとして、どこまで面倒を見られるのか。それは、お前が自分で判断しなさい」

出発前に兄に言われた言葉だ。

「父上に関しては何が起ころうが捨て置けば良いと思っているが、フローレンスに関しては……」

兄は一旦言葉を切ると、私を見て軽く微笑んだ。

「もし何かあったとしたならば、アリスト公爵家として責任くらいは取ろう」

父に関しては、完全に『公爵家は関与せず』。だが妹に関しては、まだ『公爵の妹姫』と認めている……と。

……申し訳ありません、兄上。

ちょっと、『この人には血も涙もないのかな』などと思っていました……。一応、妹を爪の先程度は気に掛けるお気持ちがあったんですね……。

領地へと到着し、父と妹が暮らしている我が家の別邸へと向かった。

公爵邸は、領都にある。けれどそちらは、私たち『ロバート・アリスト公爵とその家族』が領地に滞在する際に使用する邸だ。

父と妹に宛がったのは、領都から離れた場所にある別邸だ。

平民の家などよりは断然広い。設備も豪華だろう。だが、領都の本邸と比べたら、見劣るどころの話ではない程度に小さい。

それでも、父と妹、二人で暮らすには充分である筈だ。

生活費などは、父のそれまでからしたら質素であろうが、それでも下位の貴族などから見たら豪勢な暮らしが出来る程度には渡してある。

兄の話では、金の無心などは「もうない」という事だった。……『もう』って事は、当初はあったのか……。

使用人は五人程度置いてある。

流石に、別邸に外から見て分かるような異変はない。それはそうだ。あったら大変だ。門から続くアプローチ周辺も、綺麗に整えられている。

私が今日こちらを訪問するという事は、別邸の管理人には伝えてある。彼がそれを父や妹に伝えたかどうかは、彼の判断に任せているので定かでない。

さて一体、中はどうなっているのだろうな……？

玄関にあるノッカーを、コンコンと鳴らしてみる。

公爵家の別邸とはいえ、こちらに金目の物など大してないし、重要な書類等もない。なので、本邸のように門衛や私設騎士などが常駐しているという事はない。なので、私の来訪を邸内の者に伝える術がこれしかないのだ。

……誰も出てこないな？

今日こちらを訪ねる事は伝えてあるので、誰も居ないという事はない筈だが……。

もう一度、ノッカーを鳴らす。

暫く待つと、ようやく「大変お待たせいたしました」の声と共にドアが開いた。

ドアを開けてくれたのは、管理人のアドルフだった。

「お待ちいたしておりました。どうぞ、中へ」

ドアを大きく開け、中を示す。それに従い邸内へ足を踏み入れ、少々驚いた。

元々、さほど飾り立てたりなどはしていない邸だ。そもそも領地の端にあり、この地方への何らかの用事がない限り使用しない邸なので、ここへ客人を招く事もほぼないからだ。

その玄関ホールが、以前より更に閑散とした印象になっている。

正面突き当りには確か、名窯（めいよう）の壺があった筈だ。他に、絵画も何点か掛けてあった筈。

「アドルフ……、あそこにあったエイメンの壺はどうした？」

尋ねると、アドルフは僅かに眉を寄せた。

「……旦那様の命で、売却いたしました……」

ああ……。全く、あの人は……。

ならば、私の記憶にある他の美術装飾品の類も、同様の道を辿ったのだろう。訊くまでもない。

「邸内の備品を売り払った事は、兄上には？」

「ご報告済みでございます。ロバート様からは、捨て置け、とだけ……」

安定の兄上クオリティですね……。

まあ確かに、美術品なども我が家の資産ではあるが、こちらにあるような品々は本邸に比べたら大した金額の物ではない。勝手に売り払われたとて、さほど痛むような懐事情でもない。

というか父は、まだ兄を怒らせ足りないのだろうか。公爵家からの絶縁でも待っているのだろうか。

アドルフの案内で、邸内を歩く。

使用人もアドルフを入れて六人しか居ない邸だ。とてもしんとしている。昼下がりの貴族の邸とは思えない静けさだ。

「父は今、どうしている？」

アドルフに尋ねると、アドルフは僅かに言い辛そうに瞳を伏せた。返事を待つと、ややしてアドルフが小さく息を吐いた。

「……お休みになられております」

寝ている？

「どこか体調でも悪いのだろうか？」

「いえ……。ここ数か月の、旦那様の通常の生活でございます。……朝方に床にお就きになり、夕刻まで休まれます。そして少量のお食事を召し上がられ、以降は自室にてお酒をお召しに……」

うわぁ……。絵に描いたような没落の仕方じゃないか……。壺や絵画を売ったのは、酒代が足りなかったからか……。

その生活の改善を……などと兄に言っても、無駄だろうな。いずれ身体を壊すのが目に見えているのだから、それからでないと恐らく兄は動かないだろうな。

私を先導するように歩いていたアドルフが、一つの部屋の前で足を止めた。

「お嬢様、エドアルド様がお着きになられました」

扉をノックしつつアドルフが言うと、少々の間の後、部屋の中からドアが開けられた。

「……エドお兄様……?」

細い声。

あの、根拠の全くない無意味な自信に溢れていた妹は、何処へ行ったのか。

細く開けられたドアの隙間から、妹は目だけでこちらを窺うように見ている。

「ロ……ロバートお兄様は、ご一緒ではありませんよね……?」

「ないよ。私一人だ」

明らかにほっとしたような吐息が聞こえた。気持ちは分かるが、もう少し堪えなさい。

腹芸の一つも出来ないところは、相変わらずのようだ。

この妹は、良く言えば素直なのだ。……まあ、それより『愚か』という方が正しいのだろうが。

令嬢としての振る舞いを理解していない。それ以前に、『貴族とは』という点から理解していないが。

「……どうぞ、お入りください」

私を招き入れるよう、大きくドアを開けてくれる。

妹の部屋へ入り、少々驚いた。

妹は王都の邸を出る際、自室にあった様々な装身具や小物、ドレスなどを大量に持ち出していた筈だ。それらがこの部屋には見当たらない。唯一、ベッドサイドにお気に入りの少女の人形があるくらいだ。

妹の身形（みなり）も、王都に居た頃と大違いだ。

常に「どこの夜会に出るつもりか」と問いたくなるようなドレスを着用していたのが、いっそ質素とも言えるワンピース姿だ。アクセサリーなども着けていない。

長かった髪も、肩の下あたりで切り揃えられている。

「……随分、変わったね」

言うと、妹は小さく笑った。

「そうですね。ドレスなんかは一人では着られませんから、こういった服装が楽で良いです。髪も、手入れに人手と時間がかかるので、切ってしまいました」

……本当に、随分と変わった。

「ドレスやアクセサリーなんかは、どうしたんだい？　見当たらないが……」

「大半は、売ってしまいました」

とてもさばさばとした口調で、笑顔で言う。

これは本当に、あの妹だろうか……。

「今のわたくしは、茶会などに出る事もございませんので。アクセサリーなどはまだ保管してありますが、ドレスなんかはサイズも流行もありますから」

「確かに、そうだ」

はい、と頷く妹は、やはり穏やかな笑顔だ。あの癇癪持ちの生意気な小娘は、どこへ行ったのだろう。

「売った金なんかは、どうしているんだい？」

「全て、保管してございます。……お兄様にお渡しした方がよろしいでしょうか？」

「いや、いいよ。それはお前が持っていなさい」

「はい」

妹のドレスなどは、相当の金額がかかっている。妹の言う通りに流行などはあるが、それでも一級品の素材で制作された品だ。それなりの額で売れただろう。

「父上にとられないよう、隠しておきなさい」

言うと、妹がくすっと僅かに楽し気に笑った。

「お父様はわたくしがドレスを売った事にすら気付いていません。それに、お金はアドルフにも相談して、絶対に見つからない場所に隠してありますから、大丈夫です」

「それは安心だ」

装飾品を売り払うような父だ。妹の手元にある程度の纏まった金銭があると知れたら、間違いなく取り上げるだろう。

ああ、本当に……。あの父は、妹にとって良い事など何も齎さないな。

使用人に茶を運んでもらい、妹の部屋で質素なテーブルを挟んで向かい合うように座る。座るソファも、本邸にあるような物ではない。粗末なものではないが、高級品でもない。

「……ロバートお兄様は、わたくしの事をお怒りでしょうか……？」

お茶を一口飲み、妹がぽつっと呟くように零した。

お怒り……ではないな。

良くも悪くも、誰かに対して『感情が動く』というのは、関心があるからだ。兄は妹に対して、既に関心を失っている。無い物は、動きようもない。

「特に怒っていたりはしないよ」

まあ、本当の事を全て正直に話す必要などない。

妹は私の言葉に少し安堵しているようだが、『怒り』と『無関心』では、一体どちらがマシなのだろうか。……睨まれないだけ、無関心がマシな気がするな……。何と言っても、相手はあの兄だからな……。

「ここから出たいという事だが……、何処へ行きたいなどの希望はあるかい？」

「特には」

ふるふると首を振ると、妹は瞳を伏せた。

「お父様と離れられるのであれば、それで……」

あれだけ父に懐いていたというのに、変われば変わるものだ。

妹の話では、父はこちらに送られた当初、酷く荒れていたらしい。

父の視点からするならば、それまで何とも思っていなかった己の息子に、突然牙を剥かれた心持ちだったのだろう。飼い犬に手を噛まれる、とでも言おうか。

尤も、それは『父の狭く歪んだ視界』にそう映っていただけの話だが。

誰のおかげで贅沢な暮らしが出来ていると思っているのか。学院へ通えていたのも、誰のおかげと思っているのか、と。

……双方、どう考えても父のおかげではない。

それに、言うほど『贅沢』な暮らしなどしていない。『普通の貴族の生活』の範疇だ。父に限っては、贅の限りを尽くしていたようだが。

それにしても、元となる財を築いたのは父ではなく、祖父やそれ以前の当主たちだ。

兄や私が学院へ通っていたのは、紛う事無く私たち自身の努力の賜物だ。

あの学院は、こと『学問』という分野において、一切の不正を許さない。当然、金で買える学位など、あそこには存在しない。社会的な肩書きも意味を為さない。

というか、兄に対して言いたい事があるならば、本人にぶつけてはどうだろうか。恐らくというか確実に、とても生き生きとした良い笑顔で兄が対応してくれるだろうに。

私は知らなかったが、父は何度も、兄に宛てて手紙を書いていたらしい。当然、全て握り潰されたようだが。

兄に取り付く島がないと分かると、王都の邸の執事に宛てて。……それも、全て兄に握り潰されたようだ。

最終的には母に宛てても手紙を送ったようだ。

返事はあったようだが、内容は推して知るべしであろう。女性というのは、一度見限った相手に対しては、とことんまで冷ややかな対応をしてくるものだからな……。

私にはそういった書状などは届いていないが、兄が握り潰したのか、それとも父にとって私は取るに足らない存在だったのか。

まあ、どちらでも構わない。

父に親としての愛を乞うような歳は、とうに過ぎ去ってしまったし。

面倒が降りかからず済んで何より、と思ってしまうあたり、私も兄の事ばかりは言えない程度には問題がありそうだ。

とにかく、王都に居る公爵家の主要な人物には、全員相手にされないと父は理解したようだ。

次に父は、己が公爵であった頃に自分を取り巻いていた連中に宛てて手紙を送った。当然だが、一通の返事もなかった。

……うっきうきの兄に、完膚(かんぷ)なきまでに叩きのめされた家なんかもあるからね。我が家と関わりたくない気持ちは、さぞ大きかった事だろう。

父だけならば煽(おだ)てればいくらでも踊る御しやすい相手であっただろうが、彼らは今は、父の背後に兄を見る。

迂闊に手を出せば、倍以上になって返ってくると知っている。それは近寄りたくもないだろう。

思いつく限りに手紙を送り、結果は一通の返信もなし。

何の伝手も無くなった父は、それまでの荒れようから一転、口数も無くなり自室へ籠るようになったそうだ。

己自身に何の求心力も人望もないと思い知ったのだろうか？

自室へ籠り、要求するのは酒ばかり。せめて食事を……と勧めた使用人を怒鳴り、部屋から追い出し、ドアには施錠までする始末だ。

そして、思い出したように妹の部屋のドアを叩くのだそうだ。

初めのうちは、妹も父を不憫に思い相手をしていたという。

けれど、酒臭い父の口から吐き出されるのは、兄や王家に対する怨嗟の言葉のみだ。

妹は「何故誰も、このような酷い状態の父を助けてくれないのだろうか」と思ったらしい。その疑問に答えてくれたのは、妹の世話を頼んだ侍女だった。

彼女は子爵家の三女で、下位とはいえ貴族の令嬢である。故にそれなりの教育を受けている。というか、妹より余程、『貴族令嬢として』上出来な女性だ。

彼女は妹に対して、『妹と父が一体何をしてしまったのか』を懇切丁寧に語ってくれたそうだ。

妹が理解出来るまで、何度も、何度も。

後でその侍女に、その際の礼を伝えに行った。きっと彼女がしてくれた事は、本来ならば私たち家族がしなければならなかった事だからだ。

彼女は私の言葉に、少しだけバツが悪そうに苦笑した。

「いえ……。エドアルド様にお礼など言っていただけるようなものではございません。ただ、わたくし個人が腹が立ったのです」

腹が立つ、とは？

「我が家は決して裕福とは言い難い子爵家です。それでも何とかやりくりし、公爵領に比したら狭小な領地をどうにか管理し、領民がより豊かに生活できるにはどうしたら良いか、わたくしたちがもう少しでも生活に余裕を持つにはどうしたら良いか……と、毎日頭を悩ませて生活しております」

彼女の生家は、確かに少々困窮している。

理由は簡単だ。

はっきり言ってしまうと、領地経営の才がないのだ。

以前一度、執事に相談を受け、彼女の生家の子爵家に経営法のアドバイスをした事がある。執事が私に相談してきたのは、彼女の生家の余りの経営の下手っぷりを見かねての事だった。

「筆頭公爵家などという我が家とは雲泥の差のある大貴族様であっても、エドアルド様もロバート様も奥様も、我が家の者と変わらずそれぞれの為すべき事を日々考え、実行されておいでです」

まあ、それはそうだろうな。事業ややっている内容、規模などに違いはあっても、基本的に彼女の家と大差はないだろう。

「ですがお嬢様と旦那様は、その成果をただ享受し、成果となる前の『過程』に一切関与されません。だというのに、公爵家のどなた様よりも消費する金銭は多く、文句も多い」

「つまり、『自身の立場が分かっているのか』という事かな？」

言うと、彼女は苦笑しつつ頷いた。

「申し上げづらいのですが……はい。仰せの通りにございます」

彼女の生家は、困窮はしていても『貴族』だ。その矜持と意味を忘れていない。爵位の高低に関わらず、彼らは尊敬すべき『貴族』である事は間違いない。

「君が、妹の側に居てくれて良かった」

『貴族』というものの意義を理解する彼女が。その正反対ともいえる妹の側に居てくれて。

私の言葉に、彼女はとても綺麗に礼の姿勢を取った。

「勿体ないお言葉、恐悦に存じます」

彼女に「カーテシーの姿勢が美しいね」と告げると、彼女は僅かに照れたように頬を染め微笑んだ。

格式の高い夜会などに出席する事はないが、デビューの大舞踏会の為に一生懸命に練習したのだそうだ。それも昨年終え、「カーテシーなど、もう披露する場もないかと思っておりました」と楽し気に笑っていた。

その彼女に何度も何度も諭され、妹も徐々に理解し始めた。

己の何が間違っていたのか。

父の何が間違っていて、何がおかしいのか。

大茶会でやらかした後、王妃陛下から言い渡された『一年間の登城の禁止』という罰。それを当初は「どうしてそこまで！」と思っていたらしいが、やってしまった事を考えると、それが大分優しい措置である事にも気付いた。

だというのに、その後、陛下に不平不満を言う父に同調した。

「余りに愚かで、恥ずかしい行いでした……」

顔を伏せ小さな声で言う妹は、本当に恥じているらしく僅かに頬が赤い。

ようやくこの妹も、『貴族令嬢として』のスタートラインに立ったようだ。……大分遅いが。まあ、遅すぎるという事もなかろう。

「フローレンス、どうする？　王都の邸へ戻るかい？」

今の妹ならば、王都の邸でも普通に暮らせそうだ。

「正直申し上げまして……、王都へは、余り……」

言い辛そうに言葉を濁した妹に、私は先を促した。

「王都の邸へ戻りましたら、社交を行わねばなりませんでしょう……？　茶会などに参加しても、そこに居る他のご令嬢方は、以前のわたくしを覚えておいでの方ばかりですので……」

ああ……。まあ、それはそうだろうね。

王家主催の茶会で掴み合いの喧嘩をする令嬢など、前代未聞だ。その当事者を忘れる事は、かなり難しいだろう。

妹にとっては、王都での社交など針の筵（むしろ）に他ならない。

「あと……、お母様やロバートお兄様に、合わせる顔がなくて……」

……うん。

母はともかくとして、兄には確かに、会わない方が良さそうだ。

「ロバートお兄様は、わたくしを政治利用しようとお考えでいらっしゃいますか……？」

「いや。それはないいな」

というか、以前までの妹が酷すぎて利用しようにも出来ない、が正確なところだが。

貴族令嬢の政治利用とはつまり、政略の下での婚姻だが……。王妃陛下の不興を買った妹を欲しがるような、奇特な家はそうないだろう。現に今も、妹への婚約の申し込みなどは一件もない。

「でしたらわたくしは、もう暫くは王都から離れた場所で、静かに暮らしていきたいと思います」

「うん。分かった。……他に要望なんかはあるかい？」

「一つだけ。……グレイスを、私と共に連れて行ってもよろしいでしょうか？」

グレイスとは、例の子爵家三女の侍女だ。

「こちらとしては構わないが、一応、彼女の意志を確認して、かな？　取り敢えず、急いで家なんかを手配するから、それまではお前は領都の本邸で暮らしなさい」

「はい。ありがとうございます」

深々と頭を下げる妹に、私は「妹に頭を下げられるなど、初めてだな」と思ったのだった。

その後、領都の端に小さな家を用意し、妹はそこでグレイスと二人で暮らしている。

一応、領都の警備に当たっている騎士たちに、定期的に見回ってもらうよう頼んである。

特に働かずとも暮らしていけるだけの金銭は仕送っているが、妹はレースを編んだり刺繍をしたりして小銭を稼いでいるようだ。

それら日々少しずつ稼いだ金で、母の誕生日にショールを贈ってくれた。洋品店で購入したショールに、妹が刺繍を刺したものだった。

受け取った母は、自室で一人泣いていたそうだ。

兄の誕生日にも何か贈ろうとしていたらしく、私宛てに「ロバートお兄様は、何を差し上げたら喜んでくださるでしょうか?」と手紙が届いた。だが、残念ながらそんなもの、私も知らない。

無難に、刺繍を施したハンカチなどで良いのでは? と返しておいた。

案の定、受け取った兄の反応は非常に薄かったが、捨てずに持っていてはくれているようだ。使っているところは見た事がないが。

私には「グレイスと二人で、一生懸命選びました!」と、ネクタイとポケットチーフのセットが送られてきた。

高級洋品店の品物で、流石に妹の刺繍などは入っていなかった。

私には刺繍は入れてくれないのかい? と、礼状に戯(たわむ)れに添えてみたら、「あんな高級なお品に、わたくしなどが手を入れてしまっては台無しではないですか!」と憤慨した返事と、妹の刺繍入りのハンカチが送られてきた。

あんな高級なお品、か。

かつて妹が持っていたドレスの、最も安い一着にも満たない額の品物なのにね。

成長したものだな、と嬉しくなり、母にもそのエピソードを話して聞かせた。母も嬉しそうに笑いながら、そっと目元の涙を拭いていた。


私は兄から領地の管理を任されていたので、一年の内数か月程度、領地に滞在する事となる。

その際、ちょくちょく妹の様子を見に行っていた。

妹は日々、刺繍を刺したり、レースを編んだり、あんなに嫌っていた読書に励んだり、料理を作ったりと、何かと忙しそうに、けれど楽しそうに暮らしていた。

様子を見に来た私に、手製の菓子をふるまってもくれた。形は少々歪(いびつ)で、焼き加減にもムラのあるスコーンだったが、素朴な味で美味しかった。

その菓子を、見回りに来てくれる騎士たちにも差し入れていると、笑いながら教えてくれた。


そして先日、兄の婚約が決まった際、妹に宛てて手紙を書いた。

婚約者である王女殿下と、私たち家族とで顔合わせがあるが、出席するかい？　と。

返事には「王妃陛下の御前に出る勇気がありませんので、申し訳ありませんが、欠席させてください。ロバートお兄様には、おめでとうございますとお伝えください」と書かれていた。

その手紙を受け取り、まあそうだよな、と思うと同時に、「欠席出来ていいなぁ！」と思った。

……心の底から思った。

そうこうしている内に、城へ到着してしまった……。

兄にとっては、毎日通っている職場でしかない。母にとっても、今更驚く事などない場所だろう。だが私は違う。

基本的に、私は城など縁のない人間だ。

公爵家次男ではあるが、早々に兄が爵位を継いだ為、今の私には社会的な地位はないに等しいのだ。それをいい事に、夜会などは殆ど出席していない。

最後に城の夜会に出たのは……、……二年、前？　いや、一年半……？　ちょっと思い出せないくらい以前の事だ。

兄は王太子殿下の側近ではあるが、私は殿下と直接お言葉を交わした事は数える程しかない。しかもそれも、挨拶程度の言葉数だ。

両陛下となど、一度もない。ついでに、リナリア殿下ともない。

城の侍従の方に案内され、城の自慢の大庭園へと通された。

晴れ渡った青空に、庭園の緑が良く映える。片側に大きくせり出す城のヘーベル翼の純白も美しく、圧倒される景観だ。

そしてその大庭園に、とても美しく設えられたテーブルセット。周囲には、王族を警護する護衛騎士たち。

護衛騎士が控えているという事は、本当にこの場に王族の方がおいでになるという事だ。彼らが護衛する対象は、王族と準王族、そして国賓のみなのだから。

うわぁー……。本当に、これから王族の方々とお会いするのかぁ……。

席へと促されたが、落ち着かない。

テーブルセットをざっと見る。クロス、カトラリー、ティーセット、全てが恐ろしいくらいの一級品だ。間違っても粗相など出来ない……。

妹よ……。良くもこの場で喧嘩など出来たな……。その度胸が羨ましいよ……。

ふと、あれ？　と思う。

私たちが座る椅子が三脚。そして他に空席は二つ。一つはリナリア殿下だろう。残るはもう一つだ。

国王陛下か王妃陛下か、どちらかお一方だけお見えになられるという事か。

少しだけ、緊張が緩んできた。……それでも、緊張している事に変わりはないが。

ややして、「殿下方がお出ましになります」と侍従の先触れがあった。

席を立ち、礼をして待つ事暫し。数人の足音がし、それが間近で止まる。……ていうか、誰がおいでになられたんだ⁉　侍従、そこんとこ教えといてくれよ！

「どうぞ皆さま、お直り下さい」

静かな、『鈴を振るような』という形容にぴたりと合った、澄んだ美しい声だ。

頭を上げるとそこには、リナリア王女殿下と、その一歩後ろに王太子殿下がいらした。

……眩しい兄妹だなぁ……。

お二人とも、お顔立ちは非の打ちどころなど一点もなく整っている。すらりとした長身で、手足も長い。王女殿下はほっそりと嫋(たお)やかでいらっしゃるし、王太子殿下は痩身であられるが貧相な印象は全くない。

兄も私も、見目は良い方と自負しているが、このお二方の前では霞むどころか話にすらならないなぁ。

「まずはどうぞ、お席へ」

リナリア殿下のお言葉に、侍女や侍従の方々がさっと動き、私たちを座るよう促してくれる。

あっという間に、テーブル上にお茶の支度が整った。城の使用人というのは、やはり一貴族家の使用人とは訳が違うんだな……。

「夫人、それにエドアルド」

王太子殿下にお声をかけられ、母と二人で軽く頭を下げる。それに「いや、顔を上げてくれ」と殿下のお声。

「本来この場には、王妃陛下……母が臨席する筈であったのだが、急な執務が入ってしまったのだ。わざわざ来てもらったのに、両親が不在である事、申し訳ない」

「いえ。とんでもない事にございます」

母が少々慌てたような口調で言い、また頭を下げる。

ていうか殿下、軽ぅく謝罪などされないでください！　却（かえ）ってこちらが恐縮してしまいます！

頭を下げる母に、殿下は小さく笑うと「顔を上げてくれ」と仰る。

殿下……、今年で十七歳であられたよな……。私より三つも年下か……。なのにこうも落ち着いておられるのか……。

これが『王族』というものか……。

「お二方とこのような場でお話しするのは、初めてですわね。リナリア・フローリア・ベルクレインと申します」

ふわりと微笑まれるリナリア殿下に、母と私もそれぞれ簡単に名乗る。

「今回の事は急な話で驚かれたかもしれません」

はい。驚きました。半端なく驚きました。……とは思っても、口には出せないけれど。

「目の前で経緯を見させられても驚くのだ。後から報告だけされる側は、その比ではなかろうよ」

呆れたような殿下のお言葉に、更に驚いてしまう。

ていうか、……えぇ⁉

王太子殿下の目の前で⁉　何してんの、王女殿下も兄上も！

「これといった前触れもなく、リーナがいきなりロバートに『己を伴侶と選んでくれ』と言い出したかと思ったら、数分後には話が纏まっていた……。私は一体、何を見させられているのだろうかと思ったな……」

「妹の門出を、祝福してくださいませんの？」

「いや、めでたいとは思っているよ。……お前もロバートも、縁談の話になる度に機嫌が急降下するからな。それがなくなるのは、素直に有難い」

溜息をつかれる殿下に、「ああ、やっぱりか……」と思ってしまう。

やはり、このリナリア殿下というお方は、兄とよく似ているのだろう。

縁談の申し込みが舞い込む度、兄の機嫌は悪くなる。しかも『緩やかに下降』ではない。墜落する勢いで急降下するのだ。先方からの書状を眺め、無表情で舌打ちをする兄は、本気で近寄りたくないレベルで怖い。

「ロバートも、最近は機嫌が良さそうで結構な事だ」

「お陰様で」

にこっと笑った兄に、王太子殿下が呆れたように小さく息を吐かれた。

殿下は今度は母を見ると、苦笑するように微笑まれた。

「夫人、王妃陛下より伝言を預かっている」

「何でございましょうか？」

軽く首を傾げた母に、殿下は一度ちらりとお隣のリナリア殿下をご覧になられた。

「リーナは知識は人一倍あるが、いささか『経験』に乏しい。これまで王女として暮らして来た娘であるが故、『一貴族として』の振る舞いや常識などに疎いところもあろう。夫人には是非、それらを『義母(はは)として』指導、鞭撻(べんたつ)してやって欲しい……との事だ」

王太子殿下のお隣で、リナリア殿下が「宜しくお願いいたします」と頭を下げている。

母も殿下方に向け頭を下げた。

「わたくしの方こそ、殿下の師となるには不出来でございましょうが、宜しくお願いいたします」

母は頭を上げると、苦笑するように笑い、僅かに目を伏せた。

「自身の娘の教育は、上手く出来ませんでしたもので……。わたくしに『誰かを導く』など、烏滸(おこ)がましいというものでしょうが……」

「貴女が育てた長男は、私にとっては片腕程度にはなっているのだが……、それでは不足だろうか？」

母の気持ちを軽くする為だろう。僅かばかりおどけたような声で仰る王太子殿下に、母は伏せていた視線を上げた。

「いいえ、殿下。……お言葉、有難く存じます」

微笑む母に、王太子殿下も軽く笑われた。

「それにさほど気負う事もない。リーナなど、中身はロバートと大差ない。『娘』と思わず『息子』と思えば良かろうよ」

ああ……。確定だ。兄と王女殿下、双方をご存知の王太子殿下がそう仰るのだ。

やはりこの二人は、似たものなのだな……。

そこへ侍従がやって来て、王太子殿下の耳元に何か囁いた。殿下はそれに頷かれると、椅子から立ち上がられた。

「申し訳ないが、私は執務に戻らねばならないようだ。折角来ていただいたというのに、慌ただしくて済まない。後はのんびり、茶でも楽しんでいってくれ」

王太子殿下はそう仰ると、城の方へと歩いて行ってしまった。

残った私たちは、リナリア殿下と四人、お茶を楽しみながら他愛ない会話をするのだった。


兄と殿下の婚約が正式に発表され、兄に来ていた縁談の話がぴたっとやんだ。おかげで、兄が目に見えて上機嫌である。

ただ、兄への縁談がなくなった代わりに、私に縁談の申し込みが増えてしまった。

……私など、『公爵の弟』というだけの存在で、今後も兄の副官として領地の管理をするだけの、地位も何も特にないものなのだが……。

『アリスト公爵家』との繋がりを求めている家を弾き、あまり良くない噂のあるご令嬢も弾き、腹に一物ありそうな家々も弾き……とやっていったら、残ったご令嬢は実にたった二人だった。

二人くらいなら会ってみても良いかな……と、それぞれと会話をする時間を作ってみた。

が、見事にハズレだった。

一人目のご令嬢は、清楚・可憐な見目の肉食獣のような女性だった。庭園を散策していたら、木陰へ連れ込まれ、押し倒されそうになった。……怖かった。

二人目のご令嬢は、何をどう勘違いしたのか、私と兄の『禁断の愛』とやらを応援する、と息巻いていた。

誤解を解こうとしても「大丈夫です！　分かっております！」と勝手に解釈し、全く話にならなかった……。

余りに看過できない誤解であったので、兄にもその話をした。……初夏であったのだが、雪が降るかと思うくらい空気が冷え切った。

兄は見る者を凍り付かせるような冷え冷えとした笑みで、「それらは全て丁寧に潰してやらねばならんな」と言っていた。

……頼もしいのだが、それ以上に怖いです、兄上……。あと、風邪ひくかと思いました。寒くて……。

しかし何故、そんな話になっているのか……。

私は、もし自分が女性に生まれていたとしても、絶対に兄だけは選びたくないのだが……。本当に、絶対にご免なのだが……。

一応選別をしたにも関わらずそんな女性を立て続けに二人引いてしまったので、僅かばかりだがあった縁談への前向きな気持ちは、すっかり消滅してしまった。

そんな、私なら絶対に選ばない兄を選んだリナリア殿下は、時折我が家にやって来る。母から邸の説明を受けたり、兄とお茶をしたり、食事を共にしたりしていかれる。

殿下が我が家に降嫁されるまで、あと一年と少し程度。

兄と殿下の交際は順調なようだ。

交際……というのだろうか。

とても似合いの二人である事には間違いない。むしろ、似合い過ぎていて怖い。兄が二人になったようで、本当に怖い。


ある日、やはり殿下が我が家を訪れていた。

その日は母が留守で、殿下は兄とお茶をしているようだった。

が、殿下の護衛の騎士は我が家の厨房で茶を飲んでいるし、兄の侍従もそこで菓子をつまんでいる。

いやいやいや！　君たちは働こうか⁉　ていうか、今、兄上と殿下、二人っきり⁉　婚約者とはいえ、それは拙（まず）いでしょ！

けれど、騎士も侍従も「あそこに居るのは、怖いので……」と私から目を逸らして言うばかりだ。

あの兄と殿下に限って、間違いなどはないだろうが。それでも一応、確認に行ってみるしかあるまい。

兄と殿下は、サロンに居るという事だった。

サロンには確かにドアなどがなく、開けた空間だ。『密室に二人きり』などではないので、多少の安心感などはあるだろう。

だが、兄も一応『若い成年男子』だ（多分……）。もしかしたら、万が一、億が一、何か起こるかもしれない。

この国は、特に婚前交渉を禁じたりはしていない。

二百年ほど以前までは、『女性の処女性』というものを神聖視する傾向はあったようだ。それらは宗教に密接に関わった部分があり、主に教会が主導していた倫理観によるものだ。

二百年ほど前に政教分離の流れが興り、その際にそれまで教会が掲げていた訓戒の大部分が破棄された。

とはいえ、現在も敬虔な信徒は少なくない。訓戒にしても、別に間違った思想を植え付ける類のものではない。

要は、傾倒するもしないも自由、という事だ。

戒律を守る者もあれば、そもそも宗教自体を信仰しない者もある。そしてそれらは、互いに互いの思想を強制できるものではない。

そういう地盤があるので、婚姻後の初夜に妻が処女でない事を知る、という事態も珍しくはない。珍しくはないのだが、やはり外聞はよろしくない。特に、見栄と体裁がとても大切な貴族であれば、尚の事だ。

夫婦の閨（ねや）の事情など、本人たち以外に知りようがなさそうなものなのだが、何故かその手の噂はよく広まる。

そして、その手の下世話な噂を好む者は、呆れる程に多い。

兄も殿下も、自らその類の噂の的になりにいくような、愚かな人物ではない事は承知だが。


サロン近くまで行くと、殿下のお声が聞こえてきた。

……というか、何を大声を出していらっしゃるのか……。

まさか、喧嘩でも⁉

少し歩調を速めてサロンへと足を踏み入れる。

「ですから！」

殿下の大きなお声に、思わず足を止めてしまった。

小さなテーブルを挟み、向かい合う殿下と兄。殿下は椅子から立ち上がられ、テーブルをバン！と両手で叩きつけている。

……え？　何、コレ……？

「『前例がない』からと却下していたのでは、永劫に『前例』など出来ないではありませんか！前例がないからこそ、わたくしがそれをやろうと言うのです！」

「それを、誰が納得します？　前例がない、危険性も定かでない、民の同意を得られるかも分からない。ないない尽くしでは、納得する者もない」

「賛同できる者だけで運営いたします。そこに利があり、価値があると知れれば、自ずと理解者も増えます」

「それは『理想論』と言うのでは？　もしくは、机上の空論ですか」

「机上の空論、大いに結構ではありませんか。それを、机の上から現場に落とし込むのが、わたくしの仕事です！」

立ち上がり、机に両手をつき、兄を前のめりに睨みつける殿下。

それを、殿下に向かい斜に座り、ゆったりと足を組み、手に持った書類に目を落とし受け流す兄。

えぇぇ……。何だ、コレ……。

入り口で呆然としていると、兄が私に気付いて軽く笑った。

「どうした？　そんな所に突っ立って」

兄の言葉に、殿下もこちらをご覧になられ、ハッとしたような表情をされた後で僅かに頬を染めた。

「お、お声をかけてくださいませ……。お恥ずかしいところを、お見せいたしまして……」

恥じらう口調で言い、殿下はそそくさと椅子に座り直されるが……。

うん。恥じらう理由が良く分からないよね！　ていうか、私の感想としては、ただただ『怖い』しかないんだけれどね！

「リナリア様がおいでになられていると聞きまして、一応、ご挨拶をと……」

あー……、笑顔、引き攣ってないといいなぁ。ちゃんと笑えているかなぁ……。

リナリア殿下は微笑んで「わざわざ、ありがとうございます」と仰っているが……。

先ほどまでと、別人みたいですね！

「何をお話しされてたんですか？」

お話し……というか、『言い争い』にしか聞こえませんでしたけどね。

「リーナが推し進めようとしている、医療に特化した学術院とそれに併設する治療院についての話だな」

言いつつ、兄はまた手元の書類に目を落とした。

あー……。予想はついていたけど、思っていた以上に色気の『い』の字もない会話だったー……。

リナリア殿下は「ふー……」と息を吐かれると、恐らくすっかり冷めているであろうお茶を一口飲まれた。

こうしてお茶を飲む姿なんかは、『可憐な姫君』そのものなんだけどなぁ……。所作なんかは文句のつけ様もなく優雅だし、洗練されておられるし……。

殿下はカップをテーブルに戻されると、私を見て苦笑するように笑われた。

「まだ草案の段階でしかありませんが……。兄に提出できるものかどうかを、今こうしてロバート様に見ていただいておりました。……まだまだですわね？」

兄を見て苦笑する殿下に、兄も書類に目を落としたままで小さく笑った。

「でしょうね。これを提出されても、私なら差し戻します」

「お兄様でしたら、言うに及ばず……ですか」

「誤字の添削くらいは、して下さるかもしれませんね」

「……逆に、腹が立ちますわね……」

ぽそっと呟いた殿下に、兄が楽し気に笑う。

やっぱり……、お似合いすぎて、怖い……。


お茶が冷めてしまっているので、侍女を呼び、二人のお茶を取り換えてもらう事にした。

その際、兄が何か用を思い出したらしく席を立った。

「リナリア様、失礼かもしれませんが、質問をよろしいでしょうか？」

「わたくしでお答え出来るようなものであれば、なんなりと」

微笑んでくださったリナリア殿下に、ずっと気になっていた事を尋ねてみる事にした。

「リナリア様は……、兄を、『怖い』とお思いになられたりはしませんので……？」

兄は外面（そとづら）は良いのだが、中身は徹底した合理主義の人間だ。個人の感情などよりも、『やるべき事』『言うべき事』を優先させる。それらの行動は、大抵の人からは『人間味がない』と見られる。

兄と親しくなればなるほど、兄を『怖い』と感じる者が増えるのだ。

私の質問に、殿下はにっこりと微笑まれた。

「いいえ、わたくしはそうは思いません」

殿下は取り換えてもらったお茶を一口飲み、小さく息を吐かれた。

「エドアルド様はロバート様を『人間味がない』と仰いましたが、……わたくしは、それ以上に『人であるかすら疑わしい』方を存じています」

あの兄よりも、人間らしくない人が居るのか⁉

私の疑問に、殿下は微笑んで頷かれた。

「はい。誰でもない、わたくしの兄です。……今でこそ、とても人間らしくおなりですけれど……、幼い頃は、本当に恐ろしく思ったものです」

ああ……、王太子殿下か……。

何となく、分かる気がするな。確かに殿下は、何時見ても非の打ちどころが一切なく、余りに完璧でいらっしゃるものだから、『本当にこの方は同じ人間なのだろうか』とすら思えるかもしれないな。

「昔の兄と比べましたら、ロバート様は恐ろしくも何ともありませんわ。……わたくし、兄と衝突などした事がありませんもの。兄に向かって、先ほどのように声を荒げた事など、これまで一度もありませんわ」

「それは……、王太子殿下が恐ろしいから、ですか？」

「いいえ、違います」

リナリア殿下は微笑まれたまま、僅かに視線を伏せた。

「言うだけ無駄だから、です。こちらが幾ら感情的になっても、兄は絶対に一かけら程も心を揺らす事がありません。壁に向かって怒鳴るのと何ら変わらないのです。……それは、わたくしが疲れるだけでしょう？」

絶対に、一かけら程も、とは……。

そんな事があるのだろうか。

「兄を動かしたいとするならば、それは笑顔でも涙でも怒声でもなく、『破綻なく理路整然と組み立てた論理で、且つそれが妥当であると判断できる』ものでなければなりません。……とても面倒で、そして温かみも感じられないと思われませんか？」

……思います。

我が兄ロバートも似たところはあるが、そこまで徹底はしていない。目の前で妹が泣き叫べば、（煩いし面倒なので）泣き止ませようと妥協案くらいは出すだろう。

が、王太子殿下はそれすらしないという事だ。

それも怖いなぁ……。

席を立っていた兄が戻って来たので、私はその場を辞す事にした。

サロンを出た辺りでまた、リナリア殿下が少々苛ついたようなお声を出されているのが聞こえた。

……うん。護衛騎士も侍従も、そりゃ逃げもするよね……。責めてゴメンね。

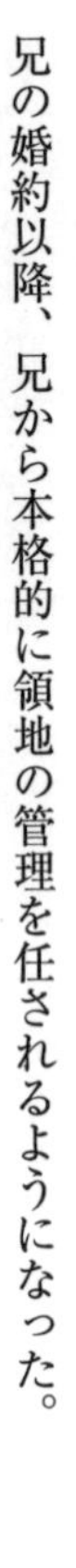

兄の婚約以降、兄から本格的に領地の管理を任されるようになった。

我がアリスト公爵家の領地は、南北に細長く、且つ広い。広いといっても、最も広大な領地を持つマクナガン公爵家に比べたら、四分の一ほどでしかないが。

特に経営に問題点などはないのだが、どうも今一つぱっとしない。

特色というか、特産物などがないのだ。

民が困窮するような事はないが、取り立てて裕福という訳でもない。

我が家と似たり寄ったりの面積の領地を持つ他の貴族家よりは、税収は上がっている方だ。

だが、我が家の約四倍の広さの領地を持つマクナガン公爵家は、我が家の十倍以上の税収を誇っている。

領地を発展させる、何か良い策はないものかな……。いっそ、マクナガン公爵に教えを請おうかな……。いや、他家にそうそう経営の秘訣など漏らさないか……。

う～ん……と悩んでいたら、兄が「言うだけタダなのだから、殿下に話をしてみよう」と言い出した。

我が家はマクナガン公爵家とは縁がないので、公爵に直接話をする機会などない。それ以前に、かの公爵家は社交を一切行わない事で有名で、顔を合わす機会すらないのが実情だ。

確かに、王太子殿下からそれとなく公爵に話していただけたら、とても助かるし有難い。

……まあ、公爵から色よい返事が貰えるかは、また別の話ではあるが。


兄から「殿下が公爵に話をしてくださるそうだ。後はまあ、あちらが受けて下さるよう、神にでも祈っておくんだな」と言われた数日後、マクナガン公爵から書状が届いた。

書状には『我が領の経営法で参考になるかは保証できないが、教えられるような事があるならば幾らでも知恵は貸そう』、『都合の良い時に、何時でも訪問してくれて構わない』と書かれていた。

何と有難い。

私はすぐさま、訪問したい旨と、不躾な申し出を受けて下さった感謝を書状に綴り、それを使用人に預けたのだった。

不安要素と言えば、『マクナガン公爵』という方がどういう人物なのか、全くもってこれっぽっちも分からないという点なのだが……。

兄曰く「エリザベス様を見ている限り、悪い人物ではあり得ないだろうな」との事だった。


訪問当日、期待より不安が大きい気持ちで、マクナガン公爵家の門を潜った。

応接室らしき部屋へ通され、公爵の登場を待つ。

……というか、どうしてテーブルの上に籠に盛られたパンがあるんだろう……。焼きたてらしく、ものすごく良い香りはするけれど……。

何だか、見た事のない形のパンが多いな……。

「やあ、お待たせしたね」

言いつつドアを開けた公爵に、座っていた椅子から立ち上がり礼をした。

「いえ、不躾な訪問をお許しくださり、感謝いたしております」

「ははは。なぁに、気にする事はない。客人など滅多にないものだから、パン職人が張り切ってパンを焼いてしまったよ。……ああ、座ってくれ」

『客人など滅多にない』から『パンを焼いた』？　どうしよう……。文脈が繋がらない……。

ドアがノックされ、執事らしきテールコートの老齢の男性が現れた。男性は書類が山ほど載ったワゴンを押している。

「お持ちいたしました」

「有難う。ところでトーマス」

「はい」

ワゴンを公爵の脇につけ、綺麗にぴしっと立った男性に、公爵はテーブルのパン籠を見て言った。

「どれが何のパンか、お前には分かるだろうか」

「……申し訳ありません。恐らくネイサン本人にも分からないのでは、と……」

「そうか。……まあ、食べてみて当たりならラッキー、という事かな」

ははは、と朗らかに笑う公爵に、男性も「左様でございますね」と笑っている。

……もしかしなくても、この家、ちょっと変わった家なのかな……？

今度は侍女が、お茶道具を載せたワゴンを押して来た。

その侍女の後について、一人の少女が部屋へ入って来た。

もしかしてあの少女は……。

「エドアルド君、娘のエリザベスだ」

やっぱりー！　いや、公爵！　そんなサラッと紹介しないでください‼　貴方のご息女は、王太子殿下のご婚約者で、準王族なのですよ！

慌ててソファから立ち上がる私に、エリザベス様が小さく笑われた。

「どうぞそのままで。マクナガン公爵が娘、エリザベスでございます」

『そのままで』と言われても、そうはいきませんよ！

「お初にお目にかかります、エドアルド・アリストと申します。お会い出来て光栄でございます」

「そう畏まられずとも結構ですよ。今日は私は、あくまで『マクナガン家の娘』でしかありませんので」

そう仰って、座るよう促してくださった。

いやー……、そうは言われても、ねえ？

『無礼講』を勘違いして、無礼を働いて席を追われる……とか、良くあるじゃないですか……。

でもって、エリザベス様の後に続いて入って来られた方、王城の護衛騎士ですよね？　うっかり何かやらかしたら、私、あの方に拘束されますよね？

エリザベス様は公爵のお隣に座られると、テーブルの上のパン籠をご覧になられ、怪訝そうに瞳を細められた。

「……お父様。茶菓がおかしい気がするのですが……」

「実は先日、パン窯を新調したのだ……」

どこか遠くを眺めながら言う公爵に、エリザベス様も遠くを見て「ああ……」と納得したように呟かれた。

「パン職人、ウッキウキですね……」

「ウッキウキだな……」

言い合い、二人揃って溜息をつかれる。

公爵が思い出したように私を見て、とても良い笑顔でパン籠を手で示した。

「良ければ食べてやってくれ。恐らく、二つに一つくらいは美味いものがあるだろう」

このパン、そんなギャンブル性が高いんですか⁉　二つに一つ美味いものがあるという事は、この約半分は不味いんですよね⁉

とりあえず、パンは何だか怖いのでスルーさせていただこう……。

「エリザベス様は、本日はどうしてこちらに？」

彼女の生家で間違いはないのだが、確か彼女は今、王城で暮らしていた筈だ。

何故城で暮らしているのかまでは分からないが、国王並びに王妃両陛下がそれを良しとされているのだから、相当な理由があるのだろう。

エリザベス様はパン籠から一つパンを取り上げ、両手で持ったパンに視線を落とした。

「本日は、エドアルド様が父に領地の経営に関して相談にいらっしゃると、レオン様からお聞きしまして。……お父様、これ、戻しても構いませんか……？」

「取ったものは食べなさい。どうしても、と言うのであれば、アンナが新しく設置した罠のテスターになって来なさい」

「……いただきます」

エリザベス様は正面に置かれた皿に一旦パンを置くと、私を見て微笑んだ。

「以前より、アリスト公爵領は『勿体ない』と思っていたものですから……」

「……勿体ない？」

何がだ？

首を傾げた私に、エリザベス様が「ふふ」と小さく笑う。

「少なくとも今の倍は収益を上げられそうな土地であるのに、何故このまま放置しているのだろう……と」

「そうなんだよなぁ」

公爵もうんうんと頷くと、私を見て笑った。

「前公爵——君の御父上だが、彼とは全く接点もないのでね。私たちが差し出口を挟んでも、彼は一顧だにしなかっただろう。でも常々『勿体ないなぁ』と思っていてね」

「他家のやり方に横槍を入れる……というのは、余りお行儀の良いものでもありませんし……。ですので、エドアルド様のお申し出は、私たちからしても有難いものなのです」

笑顔で言うお二人に、私は思わず軽く首を傾げてしまった。

「有難い……と仰られましても、……マクナガン公爵家には、特に利も益もない話ですよ、ね……？」

それとも、法外な受講料などを請求されるのだろうか。

「うん、まあ、我が家には全く何の利もないねぇ」

「家としては利はありません。完全に『個人の興味』の問題です。限られた資源を、最大限に活かし切って、最高の利益を上げる。……考えるだけで、楽しいではありませんか！」

ね、お父様、と公爵を見て笑うエリザベス様に、公爵も笑いつつ頷く。

「楽しいねえ。……現在、我が家の領地はエルリック――私の息子に管理を任せていてね。あれがまた、無駄に能力だけは高いものだから、私はやる事がなくてねぇ……」

言いつつ、公爵もパンに手を伸ばす。

「……しまった。ハズレの気配がするな……」

「どうしても、と仰るのでしたら、先ほどマイクがカトラリーを磨いていましたので……」

「いただこう」

公爵はきりっとした表情で言うと、手に持ったパンを二つに割った。

その隣では、エリザベス様も皿に置いていたパンを手に取り、二つに割っている。

「何故……、何故パンの中に、分厚いステーキを仕込もうと思ったのか……！」

「あー……。魚の切り身を丸々入れるのは、絶対に違うと思うなぁ……。しかも生臭いな、これ……」

お二人はぶつぶつ言いながらも、それぞれ手に持ったパンを渋々食べている。

食べている間も「食べ辛い」「美味しくない」などと文句を言い続けているが。

余程美味しくないのか、お二人はさっさとパンを食べてしまうと、今度はお茶をがばがばと飲んでいる。

……何だろう、この状況……。

エリザベス様は空になったカップをテーブルに戻した。そこに侍女がすかさずおかわりを注ぐ。

「アリスト公爵領の西に、ちょっとした森がありますよね？　そこは特に手付かずのようですが、何か理由がおありなのでしょうか？」

「特に理由などはありませんが……。使い道もないので放置している、というのが理由と言えば理由でしょうか」

いきなり領地に関しての質問をされ、少々戸惑いつつも答えを返した。

私の返答に、公爵が二杯目のお茶を飲み干して小さく笑った。

「そこから違うんだよ、エドアルド君。使い道は『ない』のではなく、『探して見つける』んだ。若しくは『新しく作る』んだよ」

「少々、アリスト公爵領に関して調べさせていただきました。森林の植生としては、建材に不向きな柔い樹木が多いようですね」

「さて、じゃあまずは、それらをどうするか考えてみようか！」

ついさっきまでパンを食べていたのに、いきなり講義が始まった！

私は慌てて、侍従に持たせていた鞄から、資料と筆記具を取り出すのだった。

マクナガン公爵とエリザベス様は、とても楽しそうに我が家の領地の改革案を次々と出して下さった。

公爵は「全部、ただの参考程度に聞いておいて、それをどうするかは君たちアリスト公爵家で考えなさい」と仰っていた。

帰る際には、マクナガン公爵領の事業の資料まで持たせてくださった。

細かな事業の内容から始まり、企画書、実行計画書、予算概要、運用開始からの日報……などなどの、普通他家には絶対に漏らさないような書類の数々だった。

公爵に「写しを取ってくれても構わないけれど、それは原本だからいずれ返却は頼むよ」と言われ、更に驚いた。

ていうか、原本をほいほいと他家の人間に貸し出さないでくださいよ！　怖いから！

だがそれら資料は、『新たな事業を立ち上げ、軌道に乗せるには』という道筋を考える為に、非常に役に立った。

……原本をいつまでも手元に置いておくのが怖かったので、早々に全て複写させてもらい、原本は丁重に公爵へお返ししたが。

その後も、公爵には何かと相談に乗っていただいている。


マクナガン公爵と交流させていただくにつけ、公爵と父との差に何とも言えない気持ちになってしまう。

父は領地を顧みる事はせず、自身が浪費する金銭の由来も知ろうともせず、ただただ不相応な夢ばかりを見ていた。

妹を王太子妃に……など、その最たるものだ。

エリザベス様とお話しさせていただいて分かったが、彼女の勉強量は尋常ではない。まあ、十二歳でスタインフォード学院に入学された方だ。聡明であるのは分かっていた。

だがそれは、『天賦の才』なのだと思っていたのだ。

確かに、そういったものもあるのだろう。

けれどエリザベス様は、それ以上に努力もしておられた。本人は「好きでやっている事ですので、それを『努力』と言ってよいのか……」と苦笑してらしたが。

そのエリザベス様を引きずりおろして、あの妹を王太子妃に……など、誰が考えても無理過ぎて笑えもしない。


父は現在、ここ数年の不摂生が祟り、ベッドで寝たきりのような生活を送っている。

今でもベッドの中から、兄や私への呪詛を吐き散らしているという話だ。救いようがない。

妹からは先日、公爵家の籍から抜けたいと相談を受けた。

驚いて話を聞いてみたら、妹の家を見回りに来てくれる騎士の一人と恋仲になったので、彼と二人で新しい生活を始めたいのだと言われた。

母にもそれを伝えると、母は慌てて妹に会いに領地へ飛んで行った。

相手の男性に会った母の話によると、相手はとても誠実で生真面目な青年だったそうだ。彼の給料と妹の針子の内職手当で、二人なら何とか生活できる、という話だった。

彼らの新生活の計画に関して兄に尋ねたら、笑いながら「フローレンスの事はお前に任す、と以前言わなかったか？」と言われてしまった。

あのお言葉、今も有効だったんですか⁉

任されたので、私は妹の希望通りに彼女を公爵家の籍から外し、幾らかの金銭を持たせ、そして相手の青年との婚姻を承諾する書面を用意した。

それを渡しに行ったら、妹と青年は互いに手を取り合い喜び、私に対して何度も頭を下げてきた。

幸せそうに微笑み合う二人に、心から祝福の言葉を告げた。

……うん。祝福する気持ちは、嘘ではない。妹だって、後悔し、反省し、それを元に前進しているのだ。幸せになる権利は充分にある。

それに、あれ程幸せそうに笑われたら、私だって嬉しく思う。

嘘ではないけれど……、ヤバい。

アリスト公爵家で、独り身で余っているのが、私だけになってしまった……。

いや、でもまあ、私には爵位などもないし、ただの領地の管理人でしかない。兄の補佐でしかないのだから、終生独身であったとしても、問題はないか？　ないよな？　うん、ないな！

妹が伴侶を得た事で、これまで妹の世話をしてくれていたグレイスを、公爵家の本邸へ戻す事にした。

だが彼女も若い女性だ。しかも生家は子爵家だ。婚姻の話などもあるのではなかろうか。としたら、我が家で侍女を勤め続けるより、早めに退職させてやった方が良いのでは……。

そう思い本人に尋ねると、グレイスははにかんだように笑った。

「貧乏子爵家に、縁談などほぼありません。わたくしに関しては、両親も『好きなように生きなさい』と言ってくれております。ですので、問題がないようでしたら、これからもこちらで雇っていただけると助かります」

そう言ってもらえると、こちらも助かる。

彼女はとても目端が利くので、何かと重宝する存在なのだ。

妹と二人で市井で暮らしていた事もあり、領内の庶民の事情にも明るい。管理者として立つ私では見えない部分を、彼女が見て聞いて教えてくれる。

私は彼女を『侍女』ではなく、『事務官』としてもらい受ける事にした。

兄とリナリア殿下の婚姻が成り、妹には娘が生まれ、私の身辺には特に何もない。妹がまだ言葉も話せない自身の娘に「おじ様がいらしてくださったわよー」と話しかける時、ほんの少し心にダメージを受ける程度の変化しかない。

領地はマクナガン公爵やグレイスのおかげもあり、徐々にではあるが人や産業が増えてきている。それに伴い、私の仕事量も倍々に増えているのだが……。

領地の仕事が多くなり、自然と私も領地の邸に詰める時間が長くなった。余り王都に居ないので、縁談の申し込みなども見る間に数を減らし、今ではもうほぼ無くなった。

今日は、先日会談をした商会の会長から貰った菓子を、妹にあげようと彼女の家を訪ねている。王都で流行している高級な焼き菓子に喜んだ妹が、ご機嫌でお茶を淹れてくれた。妊娠・出産の際に体調を見てくれた女医に勧められたという、薬草茶だ。

香ばしく、すっきりとした後味で、僅かな甘みがある。不思議な味のお茶だったので、医学に明るいリナリア様にこのお茶について尋ねたら、「身体を温める作用と、気持ちを落ち着ける作用のあるお茶ですね。女性にはとても良い物だと思いますよ」とのお答えだった。

そのお茶をすする私に、カップを両手で包むように持った妹が溜息をついた。

「お兄様は、いつまでグズグズなさっているおつもりなんですの？」

「……何のことかな？」

いや、分かってるけども。

姪っ子の顔を見にここへ来るたび、同じ事ばかり言われるのだ。いい加減、聞き飽きてきたところだ。

「ロバートお兄様もご婚姻なさいました。わたくしには娘まで出来ました。……お兄様は？」

「……人にはそれぞれ、『生き方』というものがあってだね……」

「お兄様がグズグズなさっている間も、彼女は歳を取るのですよ⁉　女性を待たせるだなんて、なんって気の利かない……」

ブツブツ言う妹に、思わず苦笑する。

彼女が私を待っているかどうかなんて、分からないじゃないか。

妹が言っているのは、グレイスの事だ。彼女を事務官としてもらい受けたので、当然だが、共に居る時間がとても増えた。

目端が利いて、気も利く。常に穏やかで、口調も所作も柔らかい。けれど、きちんと芯は通っていて、曲がった事が嫌い。

そういう部分が一つ一つ見える度、少しずつ、彼女に惹かれていく自分が分かった。

妹にはどうやら、そんな私の思いなどお見通しだったようで、「お兄様はいつグレイスにお気持ちを告げられますの⁉」とキラキラした目で尋ねられたのだ。

告げるも何もなぁ……、というのが私の正直な感想だったが。それ以来、妹はこうして私をせっつくような事を言うようになった。


「あぁ……、もうっ！　お兄様、よく聞いてくださいませね！」

「う、うん……？」

苛ついたように声を荒げた妹に、思わず気圧(けお)されてのけ反ってしまった。

その私との距離を詰めるように、妹はこちらに身を乗り出してくる。

「グレイスは、お兄様がこちらへ様子を見にいらっしゃると連絡がある度、いつもより笑顔が増えますのよ！　お兄様から以前いただいたハンカチも、一度も使う事無く、鍵のかかる宝石箱に大切にしまっています！　それを時折取り出しては、それは愛しそうに眺めていましたのよ！　ここまで言っても、まだグズグズなさいますか⁉」

妹の大声に、小さな揺りかごで眠っていた姪がぐずり始めた。

「ああ、もう！　お兄様が大声を出させるから、フィアが起きてしまったではありませんか！」

ええ……。それは私のせいではないのでは……。

けれど、うん。

私は椅子から立ち上がると、置いておいた荷物を引っ掴んだ。

「ここまで焚きつけて、もし断られたなら、夕食くらい奢っておくれ」

「お祝いのケーキを焼いて、お待ちしてますわ」

姪っ子を抱き上げ、楽し気に笑う妹に背を向け、急いで妹の家を後にした。


花屋で彼女の好きそうな花を買い、邸へ向かう馬車の中で何度も台詞を練習し、そして肝心のプロポーズの台詞を盛大に噛んでしまい……。

大事なところで決まり切らない私に、彼女は泣き笑いの表情で――。


それからひと月後。

私とグレイスは、妹の家へ『お祝いのケーキ』とやらを食べさせてもらいに行くのだった。

第4話　Hearts of McNagan

王太子妃となって二年目の夏に、その報せは届いた。……届いてしまった。

恐れていた事が起きたのだ。


「エリザベス様、失礼いたします」

「どうしたの、エルザ」

気付いたらすっかり殿下付きになっていたエルザが、私の執務室を訪ねてきた。これは珍しい。

薄々分かってたけど、エルザ、殿下付き『侍女』じゃなくて、殿下付き『諜報員』になってるよね。いや、いいんだけど。殿下はそういうの無理強いする方じゃないから、エルザが志願したんだろうってのは分かってるし。

「どうぞお心を落ち着けて、お聞きください」

何じゃい？　いやに重々しいな。

まさか、公爵家のお父様やお母様に何か……⁉

「……アレが、領地を脱走いたしました」

……何やて？

アレが？

領地を脱走……。

「どうしてぇぇぇ⁉」

理解した瞬間、叫んでいた。いや、叫ぶわ。

何で⁉　脱走⁉　ていうか、『アレ』って『アレ』よな⁉

「エルザ、一応確認するけれど……。『アレ』っていうのは……」

「クソ坊ちゃんでございます」

「何でぇぇぇ⁉」

嘘だ！　あの陸の孤島状態（兄限定）の領地から脱走なんて！　どうやったんだ、兄！

相変わらず、無駄に能力高えな‼

「私はこれから公爵邸へ戻り、トーマス様のご指示を仰ぎたいと思います」

エルザの目が鋭い……。完全に、『梟』の目だ。獲物を狩る、猛禽の目だ……。

「エリザベス様」

部屋の隅に控えていたマリナが声を掛けてきた。マリナの目も怖い。完全に据わっている。

「一時、お側を離れます。あのクソ虫を、ひねり潰さねば……」

ぐっと握った拳が震えている。流石はクソ虫絶許マンだ……。頼もしい……。

「私も明日には時間を作るわ。それまで、何とか持ちこたえてと、トーマスに」

「畏まりました」

「了解です」

短く返事をすると、二人はさっさと部屋を出て行った。

ヤバい。

今エルザが報せを受けたという事は、兄が脱走したのは半日程度前か、それ以前だ。脱走したという報せだけで、公爵邸へ戻ったとは言われていない。ならば、兄はまだ王都へも入っていない可能性が高い。ただ、包囲網を敷くには時間がない。公爵邸で待ち構えていた方が得策だ。

お父様、お母様、トーマス……。

今日一日、何とか持ちこたえてください……！

祈る気持ちで、私は手元の仕事を片付け始めた。明日の早朝までには、公爵邸へ入っていたいからだ。


執務を早めに終え、明日の予定の調整をし、私室にて殿下のお戻りを待つ。

あー……気が急く。どうしよう。兄対策か……。久々過ぎて、加減が分からん。しかしあの兄は、今は二十歳。気力体力共に充実のお年頃だ。

うん。

加減、いらんじゃろ‼

今こそ、マクナガン公爵家の恐ろしさを、骨の髄まで教え込むべき時！　せやろ⁉　せやな‼　せやせや‼

やったんでー！　と一人脳内会議を終了したところで、殿下がお戻りになられた。

「お疲れさまです、レオン様」

「うん。ただいま、エリィ」

殿下は私の腰を抱き寄せると、頬にちゅっとキスをした。毎日の事なので、もう照れるような事はない。

私も成長するのだ。しっとり落ち着いた大人のレディーとなる日も近いだろう。フハハハハハ！

「お帰りなさいませ。……あの、早速で申し訳ないんですが、ちょっとお話がありまして……」

殿下に促され、ソファに並んで座る。

「エルザに聞いた。エルリックが脱走したと……」

「はい。お話というのは、まさにその事でして。私は今からでも公爵邸へ戻り、全力で兄を滅殺して参りたいと思っております」

「滅……殺……」

ん？　殿下が絶句しておられる。

大丈夫ですよー、殿下。黒くてキモくて素早い世界中の嫌われ者のあの虫は、頭と胴体切り離しても死なないんですから。

兄もちょっとやそっとじゃ死にませんて。クソ虫仲間ですし。

「兄の事です、どうせ協力者など居ないでしょう。敵は単騎。負ける道理がありません。王都マクナガン公爵邸、総力を挙げて兄を叩き潰して参ります」

さぁて、久々に唸れ！　私のゲーム脳よ！

戦場は慣れ親しんだ我が家だ。マップは当然、完全に頭に入っている。しかしそれは兄も同じだ。

こちらにあるのは、物量・地理的な優位だ。

見ると、殿下が絶句されたまま固まってしまっている。

殿下ー？　どうしましたー？

「レオン様？」

声をかけたら、ハッとして私を見た後、深い溜息をつかれた。

「ああ……、いや……。何でもない」

そうですか？　めっちゃなんか言いたそうですけども。でもエリちゃんお利口だから、自ら藪を突くような真似はしないけども。

「では、私は公爵邸へ参りますね。早ければ、明日には戻ります」

明後日の予定も一応空けた。最悪、明日で片が付かない可能性があるからだ。あの兄は、良い意味でも悪い意味でも、全てが未知数だ。

「エリィ」

呼ばれて、殿下を見ると、何やらめっちゃ苦笑されている。

「無理はしないようにね」

「はい。大丈夫です。……では、行って参ります」

殿下のほっぺにちゅっとキスをして、ソファから立ち上がる。既に馬車の手配も万全だ。後は公爵邸に乗り込むだけだ。

殿下に礼をして部屋を出たが、その部屋の中で殿下が頭を抱えて「マクナガン公爵家とは……」と深い溜息をつかれているなど、私には知る由もない事だった。

外側からは物々しさなどない、静かな貴族の邸宅だ。おお、愛しの我が家よ。今帰りましたよ。夜中というのに、邸中に煌々と明かりが灯っている。エマージェンシーの度合いを窺わせるね。不夜城って感じだわね。

馬車を降りると、玄関の扉の前に立つ従僕が、私を見て深々と頭を下げる。

「お待ちいたしておりました。……既に皆、揃っております」

うむ。流石は我が家だ。何も言わずとも、このノリの良さよ。

何か言いたげなアルフォンスは無視だ。君はこの後は、のんびり茶でもしばいててくれたまえ。あと、殿下が「何かあった時の為に」と護衛騎士を一人貸してくれた。いや、何もないと思いますけどね。

アレックス・コックス君という、まだ二十代前半から半ばくらいの若者だ。やたらと落ち着き払っているアルフォンスやグレイ卿と違い、彼は何だかピチピチ感がある。やはり若さというパラメータは強い。

従僕が、玄関の重たい扉を開けてくれる。

本当は裏からこっそり入ろうかとも思ったのだが、兄の最終目標は恐らく私だろう。ならばせいぜい目立つ入り方をして、兄の注意を思い切り引いてやろうと思ったのだ。なので馬車も、がっつり王家の紋の入った豪華な物を使った。

あのクソ虫は、どこぞでこの様を見ているだろうか。さあ、来い。迎え撃ってやる。

玄関の扉が開くと、広いホールにはお父様とお母様をはじめとした、公爵家の家人たちが揃っていた。

……いや、お掃除メイドちゃんとか、料理人とか、戦闘力ない人は持ち場に戻っていいよ。ていうか、寝ててくれて大丈夫よ。

「良くぞ戻った、エリィよ」

お父様、声ひっくく！　しかも何だ、その言葉遣い！

「始めましょうか、エリィちゃん」

お母様、また作画が違いますね……。そしてお母様も、声低いですね……。

「トーマス以下使用人、支度整いましてございます」

ぴしっと綺麗に礼をするトーマス。静かに軍隊式なトーマスは、何だか恐ろし気で良い。

私の背後で、ヤング護衛騎士コックス君がびっくりしているようだ。君もどうか、アルフォンスと一緒に茶でもしばいていてほしい。我が家の茶は中々美味いぞ。

私がゆっくり歩きだすと、その進路を空けるように使用人たちが二つに割れる。

このどこまでも芝居がかった人々よ！　帰って来た感、ハンパねぇぜ！

私の後を、お父様とお母様が揃ってついてくる。あなた達の娘で良かった！　両親からしてノリが良すぎる！

ホールの奥にある階段を上り、全員が見渡せる程度の場所で足を止める。私の一段下にはお父様とお母様。その更に下には、王城の護衛騎士。いいねー、豪華だねー。

さあ、いっちょぶちかますぞ！

「皆、集まってくれてありがとう。今日はきっと、我がマクナガン公爵家において、忘れられない日となるでしょう」

広間はしんと静まり返っている。

大人数に声を届ける為の発声法は、妃教育で習った。目線の動かし方、声の抑揚の付け方なども だ。学んできた事全てが、血肉となっている。……そう！　兄を叩き潰す為の‼

「今日を無事に乗り越えられた者は、来年・再来年の今日という日が訪れた時、恐らく誇りに思う事でしょう。今日を乗り越えられた者は老いた後、この日が来るたびに腕まくりをし『この傷はあの日についたものだ』と自慢する事でしょう」

有難う、大昔の文豪よ。素晴らしい演説を遺してくれて。

「人は忘れる生き物です。歳を取り、何をかをも忘れていくでしょうが、今日この日の事は大袈裟な程に幾度も思い出すでしょう」

うろ覚え&超アレンジバージョンで申し訳ないが。

「私たちはとても幸せな一団です。今日を共に戦う者は、皆兄弟となりましょう。今、領地に居る者たちは、きっと今日の戦いの話を聞いて、そこに居たかったと悔しがることでしょう」

かの有名な演説は、ここで終了だ。

なので私は、眼下の一同を見回して、にっと笑った。

「さあ、始めましょう」

その一言に、ホールから大歓声が起こった。

いいね！　やっぱ戦いの前は士気を上げげんとね！　ありがとう、シェイクスピア大先生！　よっ！　大文豪‼

使用人たちは私の言葉を合図に、それぞればらばらと散っていく。

その様子をアルフォンスは何やら遠い目で見ているし、コックス君は呆然と眺めている。慣れって大事だな、アルフォンス。コックス君も、おいおい慣れてくれたらいいと思うよ。

ばらばらと散った使用人たちが居なくなると、玄関ホールにテーブルと椅子が運び込まれた。

もうここを本営とする作戦だ。どうせ部屋に立てこもっていても、来るときは来る。ならば、広くて迎撃が容易な場所で待っていた方が良い。

玄関前のポーチでもいいんだけど、暗いから……。あと、明かりに虫が寄ってくるから……。ここなら、蚊も寄って来なくて安心。虫よけのハーブ置いてあるし。

このハーブでクソ虫も散らねえかな……。ムリか……。

テーブルの上には、公爵邸の敷地全体の俯瞰図。そして、所々にピンが立っている。このピンは、現在の使用人たちの位置だ。

「ところでトーマス、お兄様は今、どこに居るのですか?」

「まだ報告が入っておりません。捜索は、エルザとジャクソンが」

「まだ王都に居ない……という事は?」

「それはまずないでしょう。お邸の周辺に居る事は、確かかと思われます」

そうよな。

エルザは元『梟』。諜報専門部隊で、隠密と格闘のエキスパートだ。ジャクソンは元『鷹』。こちらは監視専門で、隠密特化型だ。戦闘能力は護身術プラスアルファくらいである。

その二人をもってしても見つからない兄とは……。何と、無駄に才能溢れる事よ……。

とりあえず、今の使用人たちの持ち場は、普段曲者が入り込んだ時のそれと同じだ。だが、相手はあの兄だ。たまーにやって来るコソ泥紛いの連中とは、訳が違う。

「お兄様は、どこから入ってくるでしょう……」

「普通に考えましたら、ご自分のご生家なのですから、正門からですが……」

そう。普通はそれしかない。自分ちに帰るのだから、普通に玄関から入るに決まっている。

「念のため、玄関前をもう少し手厚くしておきましょうか……」

恐らくだが、兄は正面からは来ない気がする。とはいえ、手薄にしておくのも不安がある。

玄関前には、普通に警備の為の兵が居る。彼らは騎士に近い人々なので、使用人たちとは立ち回りが異なる。

使用人をそこに、二人ばかり配置しておく。

さて、問題は兄がどこから入るかだ。

普通に考えたら、裏の雑木林だ。そこにはいつもの監視役の隠密さんたちが居る。

裏手の雑木林から実家に入る事を『普通』と言って良いのか、という問題は、この際棚上げしておこう。

トーマスと二人、ああでもないこうでもない……と人員を配置し、兄を待つ事暫し。

既に私がここへ到着してから、一時間以上経過している。

ホールの階段を、使用人が足音少なく駆け下りてくる。あの速さで音をあまり立てないのは見事だ。

「ご報告いたします。目標を発見いたしました。現在、9-1から10-1あたりです」

「了解。持ち場に戻れ」

「はっ」

使用人は礼をして、また階段を駆け上って行った。

彼は伝令で、邸内の至るところに散った他の伝令や使用人のハンドサインを読み取り、ここまで伝えに来る係だ。因みに、待機場所は屋根の上だ。転げ落ちる事だけはしないで欲しい。

そして彼が伝えてくれた数字は、公爵邸の敷地の地図に振られた番号だ。9-1から10-1という事は、雑木林の外側だ。

流石は兄だ。正面から入ってこようとしないとは。

「……坊ちゃまは、正門から堂々とお入りにはなられませんでしたね」

「領地を抜け出すのに手間取った時点で、正面からは入れないものと気付いたのでは？」

私の言葉に、お父様が深い深い溜息をついた。

「まあ、そうだろうな。……何故、その優秀さが、全て『無駄』になっているのか……」

お父様、気を落とされずに。どうぞお茶でも召し上がってらしてください。

「では、罠方向へ誘導を。10−3へ」

お母様の言葉に、控えていた使用人が「は」と返事をし、走っていく。

「……これ、何なんです？」

コックス君が、アルフォンスにぼそっと尋ねている。

因みに彼らは今、私たちから少し離れた場所で椅子に座っている。どうせ夜を徹する事になるのだ。突っ立っているのも辛かろうと用意した。

小さなテーブルも用意され、そこには軽食や茶菓子が置かれている。勿論、お茶はおかわり自由だ。彼らの居るエリアだけ、何だか呑気なお茶会仕様で楽しそうだ。

「私に訊かれても困る」

溜息をついたアルフォンスに、コックス君が「……そうですか」と小さく返事をしていた。

現在時刻は十一時を回ったところだ。兄発見の報から一時間程度経過している。

兄は雑木林の中を逃げ回っているようだ。

……実家で追いかけられまくる状況を、兄は一体どう考えているのだろう。それとも日常の風景なので、どうとも思っていないだろうか。

そして何故あの罠だらけの雑木林で、地図もなく無事に逃げ回る事が出来るのか。何たる優秀さよ。そして、何たる無駄さよ……。

雑木林の中からは、兄を追う勢子のような役目をする隠密たち以外の使用人を退かせてある。本職でもなければ、きっと兄を捕まえるのは不可能だからだ。

代わりに、雑木林の出口を固めてある。普通なら、これで捕まる筈である。

だが、あの兄だ！『普通？　何ソレ美味しいの？』とでも言いそうな、あの兄だ！

因みに、正面玄関以外の出入り口は、全て封鎖してある。施錠のみならず、閂や家具による封鎖など、あらゆる手で扉を閉じてある。一人で破れない事もないだろうが、かなりの時間を要する筈だ。それに、大きな音もする。

開かないと分かった段階で、兄は諦めるだろう。

全ての出入り口付近にも、使用人を配置済みだ。彼らは単なる監視役のようなものだ。「何かお手伝いを！」と引き下がらなかった、戦闘能力のない人々にお願いしてある。

……監視だけでいいから、その手に持った箒や調理器具は片付けておいて欲しい。危ないから。ね？

因みに、他の戦闘能力のない者たちは、隠し祭壇に祈っているらしい。

殿下のご利益、すげぇもんな！　祈りたくもなるよな！　でも君たちも、寝ててくれて大丈夫よ？

他に侵入できそうな窓などは、鎧戸（よろいど）が閉められている。ご先祖のどなたかが取りつけられたものなのだろう。やたら頑丈だ。便利に使わせてもらっておりますよ、ご先祖。

これで、普通の侵入先としては、正面のみだ。

だが、兄が狙いそうな場所がもう一か所ある。

私の部屋だ。

部屋のバルコニーには、ボウガンを持たせたメイドを一人配置してある。某国武器工廠（こうしょう）の開発部だったリリーと私が協力して作り上げた、オリジナルより強力なボウガンを持たせてある。

ただ、間違っても頭部や胸部を狙わないように、とは言いつけてある。当たり前だが、別に本当に殺したい訳ではないからだ。ホントダヨ？

威力は流石に現代の地球のものほどではないが、それでも当たり所によっては人くらい殺せる代物だ。間違って『貴族殺し』などになって欲しくない。

射手は、以前家人で『第一回ボウガン的当て選手権』を開催した際、準優勝したメイドである。腕は確かだ。

開発者であるリリーや、他の選手権入賞者たちは、私厳選の『玄関を狙うならここから！』ポイントに潜んでもらっている。

慣れた我が家だ。射線の通る場所など、確認せずともすぐに判断できる。ゲーム脳、舐めんな！

……兄が捕まらない。

既に日付が変わってしまった。

どういう事だ……。雑木林の周辺の使用人たちにも動きはない。伝令からの連絡も途絶えている。

クッソ！　右クリックで戦況分かるとか、そういう機能ねぇかなぁ！　ファンクションキーでショートカット開くとかさぁ！

ないわなぁ……。

ステータス・オープン！　とか叫んだら、ウインドウ出ねぇかなぁ……。そんなの叫ぶ勇気ないけども。

しかし、連絡が途絶えるとは……。

考えられる可能性としては、二つ。一つは、伝令が何らかの事情があり動けない場合。もう一つは、本当に動きがない場合。

どっちだ？

今から敷地中の伝令の無事を確認するのは、かなり手間だ。だが、やらない訳にもいかないか。

「ディーを呼んで」

私の声に、メイドが一人ささっと邸から出て行った。

因みに、ディーとセザールは、最終兵器扱いだ。あの二人はちょっと規格外なので、玄関前待機である。

狭い場所でやりあうと、加減が出来ない可能性があるからだ。

本気のあの二人相手では、兄も流石に無傷とはいかなくなるだろう。そしてあの二人は元が元なだけに、窮地に陥ると相手の急所を狙うクセがある。危険極まりない人物なのだ。本来は。

「お呼びっすか？」

「お呼びっすね」

言いつつディーに手招きし、テーブル付近まで来てもらう。そして伝令が潜んでいるポイントを、地図で指さし覚えてもらう。

「至急、確認してきて」

「了解」

それだけ言うと、ディーはさっさと出て行った。


三十分程度が経過し、ディーが戻ってきた。

「お待たせしましたー」

「はい、お待ちしましたー。……で？」

尋ねると、ディーは「ふー……」と溜息をついた。

その溜息は何だ？　何があった？

「林の中の伝令二人、木に拘束されてたんで、助けてきました」

……何、だと……？

「んで、ソイツらから伝言っす。クソ……いや、エルリック様ですが、何かデカい荷物背負ってたとかで。その『荷物』、お嬢の昔のドレス着てたらしーんすけど……」

ピシっと、自分の中の何かが凍った音がした。

私のドレスを着た。

デカい荷物。

それってもしかして……。

「坊ちゃまの『私のエリィ人形』……でしょうか」

トーマス！　何故はっきり言った！

「でしょーね」

ディー！　お前もはっきり肯定すんな！

だから何なんだ、その人形‼　いや、知りたくなんてないけども！　そんなモン連れてきたのか、兄よ‼

「ディー、それで、坊ちゃまの現在地などは……」

「不明っすね。隠密の連中も綺麗に撒かれちまって。……本気で見つけようと思ったなら、林全体を一斉にローラー作戦しかないでしょーね」

「そうか……」

ディーの報告を聞き、トーマスが「ふむ……」と顎に手を当て、地図を睨む。

「ローラー作戦は、無理だわね」

その網に引っかかってくれたら良いのだが、引っかからずに逃した場合、捕まえる為の人員が不足する。それはいただけない。

「そうですね。このまま膠着でしょうか……」

「もしかしてなんだけど……」

何かに気付いたように、お母様が声を上げた。

「あの子、寝てるんじゃないかしら？　……夜だし」

ありそう‼　超、ありそう‼　あの兄なら、状況とか全部無視して「夜だし」で寝そう！

「そんなら、狙い目は今っすかね？」

「どこに潜んでおられるかも分からないのにか？　坊ちゃまが動き出すのを待つ方が早い」

「一応、隠密の連中は捜索続けてますけど」

「それは継続で。見つけ次第捕獲も変わらずで。伝えてきてくれる？　ディー」

ディーは「了解」と返事をして、また出て行った。フットワークの軽い馬丁で有難い。

「さて。思ったより持久戦になってきたわね……」

「坊ちゃまの行動が、読めな過ぎて……」

深い溜息をついたトーマスに、何だか申し訳ない気持ちになってしまう。お父様もそう思われたのだろう。

「少し休んできたらどうだ？　トーマス」

その言葉に、トーマスはにやりと笑った。わー……、ニヒル～……。

「まだいけます。土砂降りの山の中での待機などより、大分楽ですから」

過去が気になり過ぎるわ‼


流石に待つだけだと眠くなるなー……。

ふぁ……と欠伸をかみ殺していると、伝令が階段を転げる勢いで駆け下りてきた。

「坊ちゃまが雑木林を突破されました！」

来たか‼

例のＡＡ（アスキーアート）の如く、ガタっと椅子から立ち上がってしまった。

さあ、ここからが勝負だ。来い、兄よ！　捕らえて領地へ送り返してくれるわ！


ディーとセザールを呼び、トーマスと四人でさっと打ち合わせをする。

「りょーかい」

「分かりました」

それぞれ頷くと、二人は外へ出て行った。それを見送って、私も玄関から出る。……ただし、兄に見つからないよう、トーマスの背にぴったりと張り付いている格好だ。

入り口を全て閉じてあるのだから、もうここへ来るしかない。

ディーとセザールが、隠れている狙撃部隊にハンドサインで作戦を伝えている。

さあ、ここからは一発勝負だ。

「……いらっしゃいました」

トーマスがぼそっと呟くように言った。

その声に合わせるように、裏手へと続く小径から、兄が駆け出して来た。

……マジで、背中に何かしょってるんだけど……。おんぶ紐みたいなので括りつけてあるんだけど……。

どうしよう。めっちゃイヤだ……。

兄に向かって、ディーとセザールが一気に距離を詰め、飛び掛かる。が、兄はそれを難なく躱す。

二人には、本気でやる必要はないと伝えてある。単なる足止め要員だ。二人はきちんと、庭の中ほどで兄の足を止めてくれている。

それを見て、トーマスがすっと右手を挙げた。白手袋が、闇の中で僅かに光を反射している。これが、第一の合図。

私は一つ深呼吸をすると、トーマスの背から出た。

「お兄様」

決して大きい声ではない。が、あの化け物じみた兄の耳には届くはず。これが、第二の合図。

案の定、兄はこちらを見て、ぱぁぁぁっと大輪の花が開くかのような笑顔になった。キモい。

「私のエリィ‼」

誰がじゃ‼　私をそう呼んでいいのは、殿下だけだ‼

ディーとセザールが、同時に兄から距離を取る。

そしてトーマスが上げていた手をさっと下ろし、兄を真っ直ぐ指さし良く通る低い声で一言。

「撃て」

瞬間、三か所から同時にボルトが放たれた。

ガガガッと耳障りな音をたて、それは兄の背負った『荷物』に命中した。

兄が「何が起こったか分からない」という顔をして、硬直している。ただし、表情は笑顔だ。怖い。

「再装填、撃て」

トーマスの無慈悲な声に、再度三本のボルトが『荷物』に命中する。

狙撃部隊、素晴らしい腕だ。君たちには『好きなパンの具材を選べる権』を贈呈しよう。

呆然と立ち尽くしていた兄は、背中の『荷物』を括っていた紐をゆっくりと解くと、背負っていた『荷物』をそっと地面に下ろした。

その背中には、合計六本のボルト。しかも一本は後頭部に見事に突き刺さっている。中々にシュールな光景だ。

「あ……、あぁ……、……うわぁぁぁぁーーーーー!!!」

喉も裂けよとばかりの大絶叫が、夜明け前の静寂(しじま)に響き渡った。

私含め、この場に居る全員の、兄を見守る目が冷たい。

「私のエリィィィィ!!!」

人形、な!!

人形に取りすがって泣く兄を、使用人たちが慣れた手つきで拘束していく。相変わらずのカオスだ。『我が家』って感じだ。

お母様の「エリィちゃ～ん、パンが焼けたんですって～。一緒に食べましょうよ～」って呑気なお声が、カオス感を増しますよ……。

ていうかパン職人、何でこんな時間にパン焼いてんだよ……。いいけども……。

「騎士様もどーぞー。焼きたてっすよー」

呑気な笑顔で、アルフォンスとコックス君にパンを配るパン職人。

玄関ホールの大階段に、綺麗に並んで座ってパンを食う使用人。何故かそこに混じっているお父様。

作戦テーブルで優雅にお茶を楽しむお母様。

片や困惑し、片や遠くを見つめている護衛騎士二人。

そして、用意されていた兄専用の頑丈な椅子に、兄を拘束する侍従たち。

その椅子でずっと泣き続けている兄。

あー……。このカオス感。我が家だわぁー……。何だろう、落ち着くわぁ……。多分、これで落ち着いてちゃダメなんだろうけど、落ち着くわぁ……。

ディーとセザールには、敷地中に散っている人々に、「終わったよー」と伝えに行ってもらっている。なので、近場に陣取っていた人々から、続々と邸に戻ってきている。

「あー、何かイイ匂いするー」

「あ、ホントだ」

そんな事を言う使用人に、パン職人が「パン焼いたよー」と笑顔で声をかける。

「やったぁ！　一つくださーい！」

「俺もー！」

……そこで誰も「何で？」とか言わないあたりが、我が家らしさを感じさせるね。

いつの間にかホールの隅に、テーブルが用意されている。その上には、お茶のポット、水のボトル、オレンジジュースのサーバ……と、ドリンクバーが出来上がっている。

何だ、この平和な空間。


「さて、エルリック……」

パンを食べ終えたらしいお父様が、階段から立ち上がった。手をぱんぱんと払いながら歩いてくる。……お父様、上着にパンくず付いてますよ。

「お前に任せた仕事は、まだ終わっていないな？　何故、勝手に領地を抜け出した？」

兄が涙に濡れた顔を上げた。相変わらず、無駄に美形だ。滂沱（ぼうだ）の涙に濡れているが、無駄に整っている。

これで中身がアレじゃなきゃなぁ……。

父の質問に、兄が僅かに掠れた声で答えた。

「私のエリィに、会いたかったからです……」

うっわぁ……（ドン引き）。

「もう六年も！　私のエリィに会っていないなんて！　しかも婚姻の式典にも呼んでくれないなんて！」

わぁぁ………。

ドン引いている私を、兄が見た。兄は泣き笑いの表情だ。

「ああ、私のエリィ……。大きくなったね」

何の嫌味だ？　おぉん⁉

「しかも、とても綺麗になって……。そうだ。今日はお兄ちゃんと一緒に寝よう！　そして一緒にご飯を食べて、一緒に領地へ帰ろう！」

馬鹿を言うな。

兄を婚姻の式典に呼ばなかった理由は、兄をじっとさせておくのは、三歳児を葬式で大人しくさせておくより困難だろうと思われたからだ。しかも、家人全員の意見が一致した。国賓勢ぞろいのあの場で、兄を暴走させる訳にはいかないのだ。

我が家だけの問題でなく、国際問題になってしまうからだ。

「私のエリィ……、どうか声を聞かせておくれ。ホラ、お兄ちゃんだよ？」

キーモーいー！

イケメン無罪とか、あんなの嘘だ！　どんだけ顔が良かろうが、有罪は有罪だ！　そしてこの兄は罪が重すぎる‼

そこへ、ディーとセザールが戻ってきた。ディーは肩から兄の『荷物』を担いでいる。

「私のエリィ人形！　やめろ、ディー！　手荒に扱うな‼」

騒ぐ兄を尻目に、ディーは人形を放り投げる様に床におろした。

「あぁぁぁーーー‼」

うるっさい‼

「ああ……、私のエリィ……」

兄の中では、あの人形も『私のエリィ』なのか……。……ていうか、この人、マジで大丈夫か？　色んな意味で。

そんでもって、この人形がヤヴァイ。十二歳当時の私そのものだ。……多分、身長とかも同じなんだと思われる。

素材、何で出来てんだろ……。関節、可動式なんだけど……。

コレ、夜中に見たら叫ぶ自信ある。無駄にリアルで怖い。しかもモデルが自分。怖い。

因みに、私は父とトーマスから、兄の前では極力口を開くなと言われている。何が兄の暴走のトリガーとなるか分からないからだ。

開けっ放しの玄関から、マリナとエルザが入ってきた。

二人ともお疲れーという気持ちで見ていると、まず先を歩いていたエルザが、人形を思い切り踏みつけた。

「うわぁぁ！　エルザ！　何をするんだ‼」

兄の絶叫を完全スルー決め込んだエルザが歩いていき、次にマリナが人形を思い切り蹴り上げた。

「あぁぁあああぁ……‼」

断末魔のような兄の悲鳴を、マリナも完全無視だ。一メートルほど上に飛んだ人形は、ドサっと重そうな音を立てて床に転げた。

「ネイサン、私にも一つ貰える？」

「はいはい、了解っすよー」

「私にもちょうだい」

「どーぞ、どーぞ」

パンを受け取る二人。声もなく泣き崩れる兄。

もう、何が何やら。

「エルリック、エリィにも会えたのだ。大人しく領地に戻り、仕事の続きをしなさい」

キリっとした表情ですが、お父様、手に持ったパンが色々台無しです。そして台詞の後にパンを食わないでください。絵面が面白いので。

「嫌です‼　まだ私は、私のエリィと手も繋いでいません！　一緒にお茶もしたいですし、食事もしたいですし、お風呂も入りたいですし、添い寝もしたいのです‼」

おい、要望がヒデェな‼　特に後半二つ‼

「ふむ……。おい」

お父様がパチンと指を鳴らす。

それに使用人たちが動き始める。……のは構わんが、パン咥えてるヤツ、まずそれを何とかしようや。

兄と向かい合う位置に椅子が置かれた。距離は因みに、三メートルは離れている。

「エリィ。そこに座りなさい」

はい。

椅子に座ると、使用人が今度は小さなテーブルを運んでくる。

そのテーブルに、マリナがお茶の支度をした。給仕が皿に乗ったパンを運んでくる。

ああ、分かった。

兄の要望の『お茶』と『食事』を、ここで片付けてしまおうという作戦か。

私は心の中で「いただきます」と手を合わせ、焼きたてのパンをちぎって口に運んだ。

あ、おいちい。焼きたてって、やっぱ格別だわ。チーズとベーコンとか、フツーにすんごい美味しいわ。

やるな、パン職人め。

そんな私の向かいでは、侍従が兄の口に無理やりパンを突っ込んでいる。兄はそれをもぐもぐと食べながらも、目はしっかり私を見て微笑んでいる。

怖い。

パンを食べ終え、ふっと一息つくと、給仕がささっと皿を下げてくれた。

兄はリスかハムスターの如く、パンで頬がぱんぱんになっている。……パンでぱんぱん（笑）。いや、そんなダジャレで笑っている場合ではない。

次はお茶だ。マリナが淹れてくれた、いつも通りのお茶を口に運ぶ。いつも通り美味しい。

向かいでは、侍従が兄の口元にカップを傾けている。だが兄の頬袋は、未だパンが詰まっている。故に、お茶が口に入りきらず、だらだらと零れてしまっている。

それでも兄は私を見て笑顔だ。

……もう嫌だ。お城帰りたい。助けて殿下……。

優雅さの欠片もないが、お茶を一気に飲み干し、私はカップを置いた。

空になったカップを、マリナがさっと片付ける。

「満足したな、エルリック」

ご自分もパンを食べ終えた父が、兄に向ってそう問うた。が、兄の口の中はものでいっぱいだ。話せる状態ではない。

それ以前に、兄はただ私をじっと見てにこにこしている。いや、口元はもぐもぐし続けているが。

……怖い。

兄は暫くもぐもぐと口内のものを咀嚼していたが、やがてそれらをごくんと飲み込むと、父を見た。

「まだ、私のエリィと手を繋いで散歩をしていません！」

しれっと『散歩』が増えてんじゃねぇか！

「よく聞きなさい、エルリック」

あ、お母様の口調が厳しい。対兄仕様だ……。

「エリィちゃんは既に王太子妃なのです。貴方如きが軽々しく触れてはならない、尊き身分なのです。分かりますか？」

「分かりません！」

そこは分かれや!!

「私のエリィは私の天使なのです！　それと共にありたいと願う事の、何がいけないと仰るのですか⁉」

ほぼ全部だ!!

父はそれに深い溜息をつくと、「トーマス」と声をかけた。

トーマスは一つ頷くと、兄の背後に立ち、兄の首に腕を回しグッと締め上げた。兄は暫く抵抗していたが、やがてぐったりと動かなくなった。所謂、『落ちる』という状態だ。

放置していると危険なのだが、誰も気付けなどを行う様子がない。お前は落ちとけ、と言う事か……。

「……エリィ、疲れただろう。今日はどうする？　少しここで休んでいくか？」

深い深い溜息をつきつつ言う父に、私も思わず溜息をついた。

……疲れた。

「いえ……。申し訳ありませんが、城へ戻りたいと思います……」

殿下のお顔見て、癒されたいです……。

「そうね。それがいいわね。エルリックが居たのでは、エリィちゃんもゆっくり出来ないでしょうしね」

お母様は頷きながらそう言うと、椅子から立ち上がった私をぎゅっと抱きしめてくださった。

「またね～、エリィちゃん。今日のエリィちゃんも、カッコ良かったわよ～」

「ありがとうございます。……また遊びに来ますね。今度は、ゆっくりと」

「ええ。待ってるわ～」

お母様がそっと離れると、次はお父様だ。やはり私をそっと抱きしめてくださった。

「エルリックは任せておけ。何としても領地に放り込む」

「はい。お父様を信じております」

「ああ。お前は何も心配せず、王太子妃として殿下をお支えして差し上げなさい」

「はい」

決める時は決めるお父様、カッコいい。抱きしめられた服から、香水などではなくパンの良い香りがするのも素敵だ。さてはお父様、どこかのポケットか何かに、パン隠し持ってますね？

お父様がそっと離れると、その後ろに使用人たちが列を作っていた。

……え？　何コレ？　アイドルの握手会？　しかも全員、何かワクワクした顔してやがる……。

「ハグはダメよ～。あと、一人十秒ですからね～」

私の脇に立たれたお母様が言う。

お父様は懐から時計を取り出し、それをじっと見ておられる。

……この二人、『剥がし』をやる気か……。トーマスまで剥がしに加わっている。頼もしいよ……。

やっと城へ戻ってきた……。

現在時刻は午前四時を過ぎたところだ。既に空は明るく、徹夜明けの目に朝日が眩しい。

五十人からの握手会は、中々にヘヴィーだった……。アイドルってスゲェな。あれを千人単位でやるんだもんな……。

戻って来てざっと湯浴みをして、寝間着に着替える。

……数時間でも寝させてくれ……。肉体的な疲労だけでなく、精神的な疲労もすごい。

よろよろとした足取りで寝室へ行くと、広い寝台で殿下が眠っておられた。

わー……。癒されるぅ……。

殿下、すやっすやだわぁ……。寝顔も綺麗だわぁ……。ああ、我が神よ……、今日も私の心の安寧を保ってくれて、ありがとうございます……！

寝顔に向かって一度手を合わせると、そっと寝台に上り、空いているスペースに横になった。

あー……、疲れた……。

すぐ隣には、殿下のお美しい寝顔がある。思わずそれに手を合わせていると、隣で動いた気配を感じたのか、殿下がうっすらと目を覚まされた。

ぅおっと！　いけねぇ！　と慌てて合わせていた手をぱっと直す。

殿下に見つかると、めっちゃ嫌がられるからね。相手の嫌がる事は、しちゃダメよね。（どの面下げてとか言うなよ？）

「……エリィ？」

「はい。ただいま帰りました」

「ん……、おかえり」

殿下、寝惚(ねぼ)けてるぅー。わー、珍しーい。

「もう朝か……？」

ぼんやりとした、少し掠れた声で言う殿下に、私は小さく笑った。

「いえ、まだ起きるには早い時間です。……もう少し、休みましょう？」

「うん……。お休み、エリィ……」

「はい。お休みなさい、レオン様」

殿下は寝惚けつつも私をぎゅっと抱きしめると、またすぅすぅと寝息を立て始めた。

あーー…………。癒されるぅぅ……。マイナスイオンの比じゃないくらいの癒し効果ぁぁ……。

流石は我が神だ……。あっちゅー間に眠くなってきた……。殿下の効能、『癒し』がすげぇ……。温泉並にすげぇ……。

寝て起きたら、殿下に『私のエリィ』って呼んでもらおうかな……などと考えながら、私もすぐに眠りに落ちたのだった。

エリザベス様が急にご実家へ帰られるという事になり、私が一応の護衛として同行する事になった。……ご実家に滞在されるのであれば、『護衛』なぞ要らないのでは……という思いが少々過ぎったが、まあそういう訳にもいかない。
……別に、マクナガン公爵家は色々と面倒だから行きたくない、などという訳ではない。断じて、そのような事はない。
エリザベス様が急にお里帰りをする事となった理由は、エリザベス様の兄君であるエルリック様が領地を抜け出した……との報が入ったからだ。
私はエルリック様にはお会いした事はないのだが、話を聞く限りでは相当に変わったお人のようだ。エリザベス様を溺愛されていて、その溺愛度合いが常識の範囲を逸脱している為、領地に軟禁されている……と聞いている。話を聞いて「何だそれは」と思ったのだが、「領地から脱走した」

という報があってから、エリザベス様の侍女のエルザもマリナも顔つきが変わってしまっている。

……という事は、エルリック様というのは、相当にアレな方なのだろう。

殿下もエリザベス様をご心配されたようで、王太子専属の護衛騎士を一人、「何かあった時の為に」と貸し出して下さった。

殿下が寄越して下さったのは、コックスという歳若い青年だ。

『王太子妃専属』という部隊を編成するにあたり、王太子専属から私ともう一人が抜ける事となった。その後、抜けた二人分を補填する為に、新たに王太子専属護衛騎士となった者のうちの一人だ。

……というか、グレイではないのか。……逃げたな、あいつ……。

私とグレイは、それぞれ王太子妃並びに王太子の専属護衛筆頭という地位のおかげもあり、マクナガン公爵家の人々に「腕試し」と称して様々な事をされてきている。その経験から、グレイはマクナガン公爵家を訪問する事を嫌うのだ。

まあ確かに、あの邸の敷地内ならば、殿下にもエリザベス様にもそうそう危険な事などないだろう。なのであの場に限っては、我ら護衛騎士は特に仕事がないのは事実なのだが……。

コックスは笑顔で「不謹慎かもしれませんが、ちょっと楽しみなんです」などと言っている。帰ってからも、そう言っていられると良いな。

公爵家に到着したのだが、何から何まで意味が分からない、ある意味『いつものマクナガン公爵家』であった。

到着して早々、エリザベス様による演説があったのだが、どう聞いても戦場の兵士を鼓舞する類のものだ。……これから一体、何をしようというのか……。『この家の長子が領地から生家へ向かっている』だけだよな？

まあそうだろうなと思っていた通り、私とコックスには仕事がないらしい。玄関エントランスの片隅に、小さなテーブルと椅子が用意されていた。

座ってお茶でも飲んでいろ、との事なので、素直にそうさせてもらう事にした。

「……お茶なんか飲んでていいんでしょうか……」

困惑したようにコックスは言うが、正直、我々に出来る事など何もないだろう。

「いいんじゃないか？　……他にやる事もないのだし」

我らの護衛対象のエリザベス様も、同じエントランスホールにいらっしゃるし。

エリザベス様は公爵夫妻や執事殿と共に、小さなテーブルを囲んで何やら作戦を立てておられる。その『作戦』が、どう聞いても『侵入してくる敵を迎え撃つ』ものか『賊を捕らえる』ものにしか聞こえない。

……これからここへやって来るのは、この家の長子だよな？　そうだったよな？

どうやら本当にやる事がないらしいと気付いたコックスは、茶をがばがばと飲み、テーブルに用意されていた軽食を「ウマ……」などと言いながら摘まんでいる。……余り茶は飲み過ぎん方がいいと思うのだが……。まあ、いいか。別に、命の危険がある訳でもないし。

エリザベス様達は、どうやら人員の配置も終えたらしく、後は待つ時間となっているようだ。……ホールの隅で、待ちくたびれたらしき使用人たちが、なにやらカードゲームを始めている。主から下級の使用人までが同じ場所に集まり、それぞれ好き勝手な事をしている。えらく不思議な光景であるのだが、この家に於いてはそれは珍しい事ではない。実際、ホールの片隅で「今の、絶対イカサマじゃん！」「はぁ⁉ そんな事してません～！ 実力ですぅ～！」などと場末の酒場のような諍いが起きているが、誰もその連中を気にしない。

ここまでにお茶を飲み過ぎたらしいコックスが、用を足す為に一度離席した。侍従に案内され手洗いへ行っていたコックスは、えらく複雑そうな表情で戻ってきた。

「どうした？」

「……流石は公爵家、手洗いがとても綺麗でした」

良かったな。

「でも、俺が用を足してる間ずっと、外で使用人の方々が音楽を奏でていて、落ち着かない事この上なかったです……」

「……だから、茶は飲み過ぎない方が良いと言っただろう」

私がやられたのは、風呂だったが。風呂に入っている間中、外から笛の音と女性の歌が聞こえていた。しかもコーラス部隊までついていて、「一体外に何人居るのか」と考えるだけで落ち着かない気持ちになったものだ。

「あと、これ貰いました……」

言いつつコックスは、手のひらに握っていた飴玉を見せてくれた。

「『ご清聴、ありがとうございました』って……」

良かったな……。


これと言ってやる事はないのだが、ホールに居る人々が思い思いに様々な事をしていてくれているおかげで、謎に時間が潰せた。料理人によるナイフを使ったジャグリングは、中々に見応えがあった。

コックスは『コインが右手から左手に瞬時に移動する』というマジックに「えぇ!? 何で!?」と前のめりに夢中になっていた。……子供か。

余談だが、マジックを披露してくれたのは、元・違法カジノのディーラーという侍従だった。得意技は、ルーレットのボールを狙った場所に止める事、だそうだ。……だろうな。


夜明けが近付いてきた頃、漸く(ようや)くエルリック様が雑木林を突破したという報告が入った。

俄かに全員が動き出し、エリザベス様と執事殿が揃って、使用人たちに作戦を伝達している。エリザベス様にしろ執事殿にしろ、何故ああも『軍の指揮官』という動きを自然に出来るのか。

エリザベス様は最後に、馬丁とポーターの二人を呼んで、ざっくりと作戦を説明された。……というか、あの二人も出るのか……。エルリック様という方は、相当に『動ける』方なのだな……。

エリザベス様の「じゃ、そういう感じでお願いね」という言葉に、それぞれ「うぃす」「頑張ります」と返事をし散っていく。

それを見送って、エリザベス様と執事殿も玄関から出ていった。

彼らと入れ違いになるように、ホールへ駆け込んでくる者があった。今度は何事かと見ていると、きちっとコックコートを着た青年が、大きなトレイに山盛りのパンを持って走って来るところだった。

「パンが‼　めっちゃイイ感じに焼けました‼」

えぇ……。……何故今、パンを……？

けれど青年の言葉に、ホールからは大きな拍手が起こっている。見ると、公爵や夫人も、笑顔で拍手している。

「……何なんですか、コレ。マジで……」

隣でコックスがボソッと言うが。

そんなもの本当に、私に訊かれても困る。

満面の笑みで使用人にパンを配り歩くパン職人。やはり笑顔で受け取る使用人たち。そして公爵夫人の「エリィちゃ～ん、パンが焼けたんですって～。一緒に食べましょうよ～」という呑気なよく通るお声……。

本当にこの家は、何から何まで意味が分からない……。

「騎士様もどーぞー。焼きたてっすよー」

人好きのする笑顔でパン職人がパンを配ってくれる。どうせ断っても押し付けられるのだろうと踏んで、一ついただく事にした。コックスは、ただただ戸惑っているようだ。

良かったな。これがお前が楽しみにしてたマクナガン公爵家だぞ。

ややして、両脇をガッチリと押さえられたエルリック様が連れてこられ、流れるように椅子に拘束された。

私もコックスもかなり驚いたのだが、周囲を見てみると驚いている者は一人も居ない。というか全員、気にもしていない。という事は、これは『いつもの事』なのか……?

そしてそこから、とんでもないものを見させられる事になった……。……公爵家の長子などという方に対して、口にしては不敬となるだろうが……薄気味悪かった……。

全てが片付き、城へと戻る頃には、夜が明けていた。

コックスは帰城の直前に二度目の手洗いへ行き、今度は『女性の朗々とした美しいアリア』を聞かされたそうだ。「明け方の手洗いで聞くアリアは、ただただ怖かった」と語っていた。

護衛騎士の控え室に戻り、いつもの座り心地の悪い硬い椅子に腰かける。公爵家の椅子とは雲泥の座り心地だが、逆に「戻ってきた」と安心してしまう。

同時刻、コックスも王太子付きの控え室にて、同じ感慨に浸っていたらしい。


さて、私はこれから、これら一連の出来事の報告書を書かねばならないのだが……。一体、何をどう書いたら良いのだろうか……。

公爵家から帰ると毎度、これに頭を悩ませる事になる。

……『客に選んでもらったカードを当てるマジック』のタネでも書いておこうかな……。


後日、コックスは報告書に本当にマジックのタネを書いて出したらしく、グレイに「気持ちは分かるが、もう少し違う事を書いてくれ」と差し戻されたそうだ。

そんなコックスに「次があったらまた行くか？」と尋ねたら、曖昧な笑みで「いや、俺はもう分かったんで、次は他の誰かに譲ります」と言われた。

良かったな、グレイ。人身御供（ひとみごくう）が一人減ったぞ。

さて、その後のド変態だが。

兄が気を失っている間に、まずは人形を兄の手の出せない場所に隠したそうだ。

そして目を覚まし、私が居ない、人形が居ない、と騒ぐ兄に対し、お母様が慈母の笑顔で仰った。

「あの人形は、天へ還りました。もう貴方の手の届くところには居ないのよ」

……何だそれ。

私はその台詞を伝え聞いて、すんっと真顔になってしまったが、兄は違った。

兄はハラハラと涙を零し、天を仰ぎ見たそうだ。

「そうなのですか……。ああ……、とうとうその日が、来てしまったとは……！」

……どう突っ込めばいいの？　兄の中であの人形って、どういう位置付けなの？

一人静かに涙を零す兄を放置し、その後暫くは家人でお茶をしていたそうだ。話題は「エルリックはマジでヤバいのではないか」だったらしい。……言っちゃなんだが、その話題、今更過ぎねえか？

一通り涙を流しスッキリしたらしい兄に、お父様、お母様、トーマス、マリナで今後の協議を始めた。

そこで決まった事が、以下の通りだ。

・まずは領地の改修を無事に完遂する事。
・完遂までは、基本的に領地で暮らす事。
・ただし、年に一回だけ、エリザベスを交えた食事会を王都で催す事。

・エリザベスに無闇に触らない事。
・当然、一緒に風呂に入ったり、添い寝をしたりは厳禁。
・王太子殿下に攻撃をくわえない事。
・王城に忍び込んだりしない事。

だそうだ。最後二つ、子供でも知ってそうな常識になってるんだが……。

中々納得しない兄を、最終的には使用人総出でぎゃんぎゃん責め立て、何とか納得してもらい領地へ送り返したらしい。

因みに、今年の『食事会』は、あの向かい合わせでパン食ったアレで終わりだそうだ。毎年あんなんでいいよ。ちゃんとした食事とか、時間長くて面倒臭いよ……。

そういう事になりましたんで！　と殿下に報告したら、殿下が深ぁーい溜息をつきながら「そうか……」とだけ仰った。

年一でなんか変な行事が出来てしまったが、年一で公爵邸へ帰れるのは嬉しい。

良かった探し、大事だよね！　うん。年一で絶対に里帰り出来るんだから、良かった！

家では兄を領地へ追い返した後、あの恐ろしい人形をまずはバラバラに壊し、その後一片も残さず燃やし尽くしたそうだ。燃やした灰は雑木林に蒔いたらしい。人形の材質は木だったらしく、良く燃えたそうだ。

あのまさかの精巧さのおかげで、斧でバラバラにされた様は、あたかも私の惨殺死体のようだった……と、後にディーに聞いた。怖いわ。

その後、領地へ帰った兄は、領地改革を猛スピードで進め、公爵領の発展に多大なる貢献をする事となる。

その傍ら、『私のエリィ人形（十八歳・夏）』を製作していた事が発覚するのは、それから数年後の話である……。

第5話　夢幻の彼方へ、さあ行こう！

殿下の妃となって四年。二十歳になりました。

王太子妃としての業務にも慣れてきた、そんな今日この頃。

本日は、友好国からの使者様のお相手です。

ルチアーナ・アメーティス王女殿下。アメーティス王国の第一王女で、現在十八歳だそうだ。

マリーさんの商会の商品（はっきり言えば女性用下着）をいたく気に入ったらしく、国に卸して貰えないかと商談に来たらしい。なのでぶっちゃけ私は関係ないのだが、一応王族がご挨拶くらいせねば……という事で、ルチアーナ王女殿下との会見の時間を設けてある。

……というのは建前で、マリーさんが「他国の王族の方となんて、何話したらいいんですか⁉ 失礼とかあったら、私、首飛んじゃう（物理）んですか⁉」とガクブルしながら詰め寄ってきたので、多分大丈夫だよ～と私が緩衝（かんしょう）役をする事になったのだ。

王女殿下は穏やかでお優しい人柄であると聞いている。マリーさんが多少やらかしたところできっと、笑って許して下さるだろう（と思いたい）。

言うても私も、王女殿下とお会いするのは初めてだ。

あちらの国とは貿易協定があるのだが、協定の調印式には王女殿下の兄上の王太子殿下がおいでになられていた。

我らがレオナルド殿下の方がキラキラしさで勝っていて、流石は我らが神だと誇らしい気持ちになったものだ。

マリーさんの商会は中々手広くやっているのだが、あちらの国にはまだ足がかりがなかったらしい。マリーさんの旦那さんのポールさんが、目をギラギラさせて「やったんで～」と意気込んでいた。……まあ、程々に頑張って欲しい。

ポールさんはマリーさんへの愛とお金への愛が暴走しがちなので、マリーさんにしっかりと手綱を握っていてもらいたい。

「大変お待たせいたしました」

王女殿下をお待たせしている応接室へ行くと、王女殿下がとても綺麗な礼をしてくれた。

「妃殿下には、お初にお目通りいたします。ルチアーナ・アメーティス、アメーティス王国第一王女でございます」

「どうぞお顔を上げてください。王太子妃エリザベス・ベルクレインです。そしてこちら……」

私が手で示した先には、最近やっとバイブレーション機能にオン・オフが付いた、マリーさんが控えている。他にも音声のミュート機能や、スピーカー機能なども搭載されているようだ。マリーさん22Ｐｒｏは高性能なのだ。

「マリーベル・フローライトと申します。王女殿下に拝謁叶いまして、大変光栄でございます」

いいぞ、マリーさん！　礼も綺麗だぞ！

「貴女が、マリーベル・フローライト様……！　お会いしとうございました！」

王女殿下が、頬を僅かに紅潮させつつ言う。

そんなにマリーさんに会いたかったん？

顔を上げたマリーさんも、何やら不思議そうな顔をしている。マリーさんにも、王女殿下のこの興奮の意味は分かんないのか。

何だろ。この王女様、ちょっと変わった人なのかな？


それぞれ席に着き、侍女がお茶とお菓子を用意して下がっていく。

ルチアーナ様は、何やらそわそわなさっておられるようだ。どうした？　トイレ？　行って来ていいよ。

「ルチアーナ様、どうかされましたか？」

尋ねてみると、ルチアーナ様はハッとされたように姿勢を正した。

「いえ、何も。わたくし実は、ずっとこの国に来てみたいと思っておりましたもので……。本日は念願叶いまして、感動しきりでございます」

「そうですか」

……やっぱ、ちょっと変わった子なのかな？

この国はとても豊かで平和で綺麗な国ではあるが、残念な事に「死ぬまでに一度は行っておきたい！」というような名所・名跡などは特にない。

有名なものがあるとするならば、現在ならそれこそマリーさんちの下着くらいだろうか。

我が国と言えば！　という名物的な物も特にないので、それは今後の課題である。

そんな我が国に「ずっと来たいと思っていた」って、何で？

「ルチアーナ様は、何かご覧になりたいものなどがあるのでしょうか？」

特に有名な史跡なんかもないしなー……。三百年くらい前に政変あったけど、舞台はここ王城だし。無血開城だったから、見所もないし。二条城くらいの歴史はあるけれど、一般公開もしていないから名所って訳でもないしな。

ルチアーナ様はお可愛らしい顔を紅潮させ、華奢な手をぎゅっと握られた。……どう見てもファイティングポーズだが、そこは突っ込まないでおこう。

「見たいものもありますし、お会いしたい方も居ます！　まずは、レオナルド殿下にご挨拶いたしたいと思っております」

「そうですか」

それはまあ、ある種当然だわね。

ルチアーナ様は、我が国に滞在中は、王城で寝泊まりされる事になっている。

そこの主に挨拶は必要だわね。……殿下は主ではなく、主の息子だが。まあ、細けぇ事ぁいいんだよ、の精神でやっていきたい。

「あと、王太子殿下の側近をなさっておられる、ロバート・アリスト様にもご挨拶いたしたいです！」

閣下に？

「それと、ヘンドリック・オーチャード様にもお会いしたいですし、護衛騎士のアルフォンス・ノーマン様にもお会いしたいです」

んん？　ヘンドリック様と、アルフォンス？

ヘンドリック様だけならば、彼は殿下の側近なので、まだ分かる。……いや、良く分からないは分からないのだが、ロバート閣下に会いたいと仰っていたのだから、側近つながりでそういう事もあるかもしれない。

だが、アルフォンス？

一介の護衛騎士でしかないアルフォンスを、何故ルチアーナ様がご存知なのか。因みに、アルフォンス君は今日はお休みだ。護衛騎士にも休日くらいある。

余談だが、以前にアルフォンスに、休日は何をして過ごしているのかと尋ねた事がある。曰く「休日ですので、休んでおりますよ。大抵、自室で寝ております」という、至極ごもっともでつまらん答えが返って来た。

なので恐らく、今日も寮のアルフォンスの部屋へ行けば、彼はそこに居るだろう。

というより、このラインナップは、もしかしなくても……。

「あと、可能でしたら、妃殿下のお兄様にもお目通り願いたいと思っておりまして……」

ビンゴだ！

「ルチアーナ様、もしかしてなのですが……、『夢幻のフラワーガーデン』というゲームをご存知なのでは……？」

もう、そうとしか思えない。

そうでなければ、他国の王女が我が家のクソ虫に会いたいなどと、たわけた寝言を抜かす理由がない。あの兄は社交などを一切しないのだから、他国の人間が会うメリットが何もないのだ。それ以前に、自国の人間ですらも会うメリットも必要性もない。

そしてメリット何の以前に、社交などをしない兄の名前を知っているだけでもレアなのだ。

案の定、ルチアーナ様は驚愕の表情をした。

大丈夫ですよ。そんなに驚かなくても。

……ていうか、マリーさんもその、めっちゃ驚いた顔やめて。むしろ、何で気付かないの？　おい、しっかりしてくれ、ヒロインよ。普通、今の私の台詞は、ヒロインから出るべきなのではないのか？

ゲームをプレイした事のない私からの発言で良かったのか？

「もしや……、妃殿下も、前世の記憶がおありに……」

「ガッツリあります。あと、マリーさんも同様に」

「え⁉　ヒロインさんですよね⁉」

驚いてマリーさんを見るルチアーナ様に、マリーさんも驚きの表情だ。

「いえ、私は『なんちゃってヒロイン』ですので！」

キッパリと、情けない台詞を言うんじゃありません！

「『なんちゃって』とは……」

ほら見ろ！　ルチアーナ様が戸惑っておられる。

「ていうか、エリザベス様！」

キッと、マリーさんが私を睨むように見る。そんな目で見られる覚えはないのだが……。

「……何ですか？」

「今の『夢幻のフラワーガーデンというゲームをご存知なのでは？』って、私が言ってみたかったヤツ‼」

……じゃあ、言ってくれよ、私より先に。

「憧れのシチュエーションのチャンスが！」

いや、そんなに悔しがるなら、ホントに私より先に言ってくれて構わなかったんだけど……。何コレ？　私、謝らなきゃいけないアレ？

……いいや。放っておこう。

気を取り直したマリーさんは、ルチアーナ様を見て軽く首を傾げた。

「えっと、私とエリザベス様とで考えたんですけど、この世界は『ゲームの元になった世界』というだけで、登場人物や出来事がゲーム通りに進む訳ではない……のではないかと」

「え……？」

ルチアーナ様の頭上に、『?』がいっぱい浮かんでるのが見える。

とりあえず、ルチアーナ様に事情説明が必要そうだ。という訳で、以前マリーさんにもした説明を、ざっとルチアーナ様にもしてみた。


「ネタ元であるだけで、ゲーム展開などは一切ないのですね……」

ガッカリさせてもうてスマヌ。しかしそんなに心ときめく展開があったのか、例の乙女ゲームには。マリーさんに聞いた限りでは、ベタ中のベタな感じしかしなかったが。

「王女殿下は、あのゲームがお好きだったんですか?」

マリーさんが気持ち前のめりになっている。

「はい! 大好きだったんです! 何て言うか、低予算なのがひしひしと伝わってくる作りでしたけど……」

え? そうなの?

「分かります! でもそこがまた、味なんですよね!」

「そうなんですよ!」

……そうなの? 低予算が味って、某社のシンプルなシリーズみたいな感じかね?

「マリーベル様は、どの攻略対象がお好きでした?」

「あ、どうぞマリーとお呼び下さい。私はそうですね……、アリスト公爵閣下と、エルリック様でしょうか」

ぐっ……。名前が出るだけで、何故か私に精神的ダメージが入る。何故だ……、クソ虫め……。

「私も同じです！　あとそこに、アルフォンス様も入れて下さい！」

マリーさんとルチアーナ様は、とても楽しそうだ。私だけ勝手に精神ダメージを受けているが……。

「妃殿下は、プレイされました⁉」

「いえ……。そのゲームの存在すら知りませんでした。申し訳ありません」

軽く頭を下げた私に、ルチアーナ様は楽し気に笑った。

「いえ、仕方ありません。多分、七千本くらいしか売れてないんじゃないでしょうか。なので、それを知っている人に会えるだけで、ものすごくラッキーです」

ていうか、実質三人目よな。ゲーム知識アリの転生者。イングリッド嬢は本人に確認した訳じゃないけど、確定でいいと思ってるし。

……むしろ、私がレアケースなのか……？　何かちょっと寂しい……。

「大好きなゲームの舞台という事で、聖地巡礼をしたいと常々思っておりまして」

左様でしたか……。

「コックフォード学園も見てみたいのですが……」

「あ、その必要はありませんよ」

マリーさんが即座に遮る。

きょとんとされているルチアーナ様に、マリーさんが苦笑した。

「私もちょっと見てみたいと思って、学園に見学に行ったんですよ」

ええ、行きましたね。私を通行パス代わりに使ってね。

この世界は『乙ゲーそのものではない』と納得したマリーさんだったが、攻略対象や舞台となる学園を見てみたい！　と言い出したのだ。

あれはまだ、私もマリーさんも学生の頃だった。学院の二年生だっただろうか。

コックフォード学園内に入るには、私の『王太子の婚約者』という肩書きと、『マクナガン公爵家』という肩書きが役に立った。

学園長のゴマの擦り方がすさまじく、本当に進学先がこの学校じゃなくて良かったと思ったものだ。

……まあ、向こうも慈善事業ではないのだから、金を落としてくれそうな相手と権力者に遜るのは当然か。悪い事ではないが、必要以上に持ち上げられると座りが悪い心地になるのは仕方ない。

そうまでして潜入したコックフォード学園は、マリーさん曰く『外観以外同じ場所がない』レベルで別物だったそうだ。

ゲームのイベントが起こる場所なども、学園内には存在しなかったらしい。

ていうか、施設がいちいち派手でキラキラしてて、落ち着かない感じの場所だったんだよね。生徒さんもキラキラしてて、陽キャオーラがすごかったし。

重厚なスタインフォードで良かったよ、ホント。

「……そうなのですか……。あの噴水広場は、存在しないのですね……」

ああ……。ルチアーナ様がめっちゃしゅーんてなされてしまった……。

「でも、外観は同じなのですよね？」

ちょっと慌ててマリーさんに確認する。マリーさんもそれにこくこくと頷く。

「外から見た絵は、全く一緒です！　あと、校門から見えるポーチとかも！」

「そうなのですか⁉」

お、浮上した。

「では、攻略対象の方々は……」

こちらに身を乗り出して来たルチアーナ様に、マリーさんが一つ咳払いをして話し始めた。

「まずレオナルド殿下ですが……、ゲームとは全くの別物です。無愛想なんかじゃないですし、無表情でもありません。俺様でもないです。そして、エリザベス様一筋です」

最後のそれ、必要か？

「まあ……、妃殿下一筋だなんて、素敵……」

「ホントですよね。エリザベス様とお話ししてると、軽ーく睨まれたりはしますけど。でも別に、嫌味言ってくるとかはないんで、大丈夫です」

マリーさん、ちょいちょい不敬なんだけど……。まあ、殿下もマリーさんはちょっと苦手みたいだしな。

エミリアさんの事は一定の評価をしてるみたいだけど、マリーさん相手だとなんか扱いが雑というか、何と言うか……。未知の生物を前に戸惑っておられる感じというか……。

「で、次はロバート・アリスト公爵閣下ですけど、性格なんかは私も良く分かりません。ただ、めっちゃイケメンです。あと噂なんですけど、閣下の弟君とBでLな関係なんじゃ……とか言われてます」

「まあ！」

おい、王女殿下！　嬉しそうな顔すんな！

「噂はあくまで噂でしかありませんよ、ルチアーナ様」

「あ……、そうですよね。申し訳ありません、私ったら……」

恥じ入っているルチアーナ様を、マリーさんが生温い笑みで見ているが。余計な事吹き込んでくれなくていいんだよ！

そんでもって、相手は公爵閣下だからな！　マリーさんより、断然格上の方だからな！　絶対、本人の前でやらかしてくれるなよ！

マリーさんが良く知らんと言うので、私からちょっと補足しとこうか。

「ロバート閣下は、とても落ち着いていらっしゃる方です。そして所謂『効率厨』です。ありとあらゆるものの効率化を目指しておられます」

様々な手続きや、申請など、時間がやけにかかる事務作業を、いかにスマートに効率よく進めるか……に心血を注いでいる。

あの人多分、根っこは不精なんだろうな。自分が面倒だから、効率化してマニュアル化して、誰がやっても間違いのない作業にしちゃいたいんだろうな。

「で、ヘンドリック様ですが、めっちゃ陽気で優しくて『いいお兄さん』て感じの人ですね」

「え⁉　ツンデレ担当だったのに⁉」

ヘンドリック様、ツンデレ担当だったんだ⁉　似合わねえ！　そもそも、ヘンドリック様に『ツン』が見当たらんのだが……。乙ゲー、すげえな。

「ヘンドリック様は、ウチの子たちとも良く遊んでくださいます。すっごくいい人です」

「マリーさん、ご結婚してらっしゃるんですか⁉」

驚いたルチアーナ様に、マリーさんは笑顔で「はい」と頷いた。

「お相手は……」

「ポール・ネルソンという人です。殿下の側近をしてます」

「攻略対象の方などでは……」

「ないですね！」

非常にあっけらかんと言うマリーさんに、ルチアーナ様はやはりちょっとがっかりされているようだ。

因みに、『フローライト伯爵』はマリーさんが継ぐそうだ。ポールさんは仕事は出来るが、貴族社会のあれこれに疎いからだそうだが……。

言うても、マリーさんも大差ない気がするけど……。むしろポールさんの方が、要領良いから何とかやっていけそうな気がするけども……。多分これは、言っちゃいけないヤツだ。

「で、えーっと……攻略対象の話ですよね。あと、どなたにお会いしたいんでしたっけ？」

「アルフォンス様とエルリック様です！」

……名前が出る度、私のＳＡＮ値がちょっとずつ削れていく……。何の呪いだ。どう考えても兄の呪いだが。

「アルフォンス様は、エリザベス様の専属護衛騎士をなさってます。今日は……」

マリーさんが辺りをきょろきょろとしたので、「今日は休みです」と言うと、ルチアーナ様が少々がっかりされた。

「明日はいらっしゃるんですよね⁉」

慌てて尋ねてきたマリーさんに、私も「明日は大丈夫です」と慌てて頷いた。

ルチアーナ様、儚げな印象の美少女だから、がっかり顔が心に痛いのよ。何かこっちがすげー悪い事したみたいで……。いや、実際は何にも悪い事してないんだけども……。してないよね⁉

「アルフォンス様ですが、外見以外チャラいところなんかは全くない方ですね。むしろ、めっちゃ真面目でカタぁい感じの人です」

「真面目でカタぁい……」

ルチアーナ様、マリーさんの言い方そのまんま真似なくてもいいいんですよ……。

「では、エルリック様は……？」

うぅ……、何故に私がこんな思いをせねばならんのだ……。ＳＡＮ値が削れる音がするよぅ。殿下、タスケテ……。

そんな私の思いをよそに、マリーさんはにこにこと笑いつつ言った。

「私もお会いした事はないんですが、エルリック様は領地にいらっしゃるんですよね？」

「はい……」

まだ領地の改革が終わっていない。……だが、残念な事に、もう直に改革も完遂されてしまう。なんと優秀なのか、あの兄は。

「公爵領は、ここから遠いのですか？」

ルチアーナ様の無垢な笑顔が眩しい……。

「ここからですと、馬車で一日半くらいですね。途中の宿泊や休憩なども考えますと、二日というところです」

その距離を、あの兄は一日かけずに単騎で駆けてきますけどね。

「そちらへお邪魔しましたら、エルリック様にお会いできますでしょうか？」

「……どうなんでしょう？」

実際、私にも良く分からない。

領地での兄には、緩い監視が付けられている。別に兄の行動を制限などはしないのだが、兄が領地から勝手に出る事は禁じている。兄がどこかへ行こうとしているのを阻止などはしないが、領地を出た瞬間に王都の公爵邸へと連絡が入る手筈になっているのだ。

そんな領地にて、兄が普段どのような行動をしているのかは、私にも定かではない。

兄の奇行の報告でSAN値を削られたくないので、わざとシャットアウトしているからだ。

先日上がってきた報告がちらっと耳に入ってしまったが、領地にて『私のエリィ人形（十八歳・夏）』とやらと楽しく暮らしているらしい。

……何故、人形を作るのか、兄よ……。いや、答えなど聞きたくないが。

そうだ。あのゲームをプレイして、『ゲーム中のエルリック・マクナガン』がお好きなのだとしたら、言っておかねばならない事がある。

「ルチアーナ様は、『ゲームのエルリック・マクナガン』がお好きなのですよね？」

「はい。ご本人にはお会いした事もございませんので」

はにかんだ笑み、とてもお可愛らしいです。

「私はマリーさんに話を聞いただけにすぎませんが、それでも断言できます。『ゲームに出てくるエルリック・マクナガン』は、この世に存在しません」

私の言葉に、ルチアーナ様は「え……？」と言葉を失っておられる。だが申し訳ない。これが真実だ。

「えー、と……、兄はどのような人物として、ゲームに登場しているんでしたっけ？」

マリーさんに尋ねると、マリーさんは私を見ていい笑顔になった。

「妹思いで、優しくって、ちょっと内気で、照れ屋で――」

「ありがとうございます。もう充分です」

何故だ。ゲーム中のまるっと別人の兄像を聞いただけでも、SAN値が削れる……。

途中で話を遮られたマリーさんが少し膨れているが、それは無視させてもらおう。

「ルチアーナ様の認識も、今マリーさんが言った感じで合っていますか？」

「そうですね。あと、努力家で――」

「そんな人物は居ません」

ルチアーナ様のお言葉も遮ったが、それは後で謝罪しておこう。

「兄の人物像に関しては、正直噛み合う部分の方が少ないレベルです。まるっきり別人です。……外見などに関しては、私はゲームをプレイしていませんので、何とも言えませんが……」

兄のあの無駄に整った外見ならば、さぞやゲーム映えする事だろう。なので恐らく、外見に関してはこの二人も満足するレベルなのではと思う。

「もし領地へ行ってみたいのでしたら、私から一報を入れる事は可能です。ただ、兄に会えるかどうかまでは保証しかねます」

そして私は、何があろうと同行はしません。ええ、しませんとも。

「マクナガン公爵領って、ユーリア湖とかあるんですよね⁉」

「ありますね。周囲には観光ホテルなんかもありますよ」

キラキラした目で尋ねるマリーさんは、どうやら公爵領に興味があるようだ。

ユーリア湖は我が領地にいくつかある観光地の一つだ。保養地としても人気があり、貴族の別荘なんかも建っている。そして周囲には観光ホテルをはじめとした、我が領自慢の六次産業の商店たちが立ち並んでいる。日本の避暑地や観光地を思い描いてくれたら、大体それで合っているだろう。

「いいなぁ〜。行ってみたーい」

何故それを、私を見てキラキラした目で言うのかね、マリーさんよ。勝手に行ってみたらどうかね？　別に通行に制限は設けていないのだから。

「公爵領は、ゲームには登場しませんよね？」

「しませんけど、この国で有名な観光地があるんですよ！　すっごい綺麗な所らしくて、一回行ってみたいんですよね！」

推すね、マリーさん。グイグイ行くね。

……ていうか、比較的王都から近いんだし、ホント勝手に行けばいいんじゃないかな？　ポールさんに言えば、連れてってくれるんじゃないかな。ホテルの予約くらいなら、私が取ってあげるから。

「行ってみたぁい」

……客に物をねだる水商売の人かな？

キラッキラの目で私を見続けるマリーさんが辛い……。

これはもう、今まで濁して来たけれど、兄の奇行の数々を正直に話すしかないか……？　……私の精神が一番のダメージを受けるから、話したくはなかったのだが……。

私はテーブルの上にある呼び鈴を、一度チリンと鳴らした。その音に、ドアがノックされ、マリナが静かに部屋へ入ってきた。

「お呼びでございましょうか？」

「……お願いがあるんだけど」

めっちゃ言いたくない。めっちゃ言いたくないけど、私が公爵領へ行かなくて済む為には、これしかない。

「マリナが知る限りでいいから、このお二方にお兄様がどういう人かを話してあげてもらえる？」

「あのクソむ……んんッ、失礼致しました、エルリック様のお話、でございますか……？」

「そう」

私からは話したくない。そして多分、マリナの方が私よりも兄の奇行に詳しい。何故ならマリナは、私が幼少の頃からずっと、あの兄から私を守ってくれていたのだから。

……おかげでマリナと兄は、非常に反りが合わないのだが。そもそも、兄と『反りの合う人物』など、この世に居るのだろうか。

「では、僭越ながら、わたくしからお話しさせていただきます」

丁寧な口調で言い、マリナが一礼した。


十数分後、マリーさんとルチアーナ様が、揃って涙目になっていた。

私はなるべく聞かないように、ずっと窓の外を眺めていた。……でも、聞こえてしまう話の中に、私も知らない事実が色々混じっていた……。

タスケテ……。殿下、タスケテ……。

「現実のエルリック様って、そういう方なのですか……？」

ああっ！　ルチアーナ様の目からハイライトが消えている！　マリーさんはマリーさんで、どんよりした顔で俯いてるし！

「大分、お話しできる範囲のソフトな出来事を選んだつもりですが……」

やめて、マリナ！　私へのダメージがすごいから！

私と一緒でなければ寝ないと言い張った幼少期から始まり、勝手に部屋に侵入し衣類などを持ち出す少年期、私の触れた物を愛し気に撫で回していたという青年期、そして領地を人形と共に散歩する現在……。

どこを切り取っても、ヤベー奴である。

幼少期だけは、少々の救いがあるか……？　子供の我儘と言えなくもないか？　しかしそれを現在に至るまで言い続けているのが問題なのだが。

「……そういう訳ですので、私は兄の居る領地へはご一緒できません」

マリーさんもルチアーナ様も、どうやら納得してくれたようだ。

「エルリック様のシナリオ、好きだったのに……」

何だか涙声のマリーさんの呟きが、何故か私の胸に痛い……。しかしあの兄の人格形成に、私は関わっていない筈だ。

何と言うか、我が家のクソ虫のせいで、マリーさんにもルチアーナ様にもショックを与えてしまったようで申し訳ない。私の精神ダメージも相当だが。

「……エルリック様はさておき、お会いできる攻略対象の方々にはお会いしてみたいです」

クソ虫ショックから少々立ち直られたらしいルチアーナ様が、そう仰った。

まあ、『聖地』だもんね。そんで、ゲームの中の大好きだったキャラが居るんだもんね。別物って分かっても、会ってみたいとかは思うよね。

という訳で、明日は会える限りの攻略対象の人々に会ってみよう、という話になったのだった。

前世の記憶ありで、異世界へ転生。

ラノベやマンガが好きな、ちょっと現実逃避癖のある私からしたら、何度も夢に見た展開だ。しかも、『自分がプレイしていた大好きなゲームの舞台となった異世界』だ。もう、夢そのものだ。

『夢幻のフラワーガーデン』という、女性向け恋愛シミュレーションゲームがあった。

大きな宣伝もせず、ひっそりと発売され、大して話題にもならなかったゲームだ。昨今の乙ゲーとしてはちょっと珍しい全年齢対象だった。

けれど、私はそのゲームが大好きだった。

ヒロインのマリーベル・フローライト伯爵令嬢が、コックフォード学園という場所で様々なイケメンと出会い、ゆっくりと親睦を深めて恋に落ちるだけのゲームだ。

シナリオに鬱展開などはなく、恋敵も出てこず、ただただ穏やかな空気の流れる話ばかりだった。

お約束的な展開が非常に多く、某掲示板の乙ゲースレでは『時代劇みたいなご都合主義と予定調和』などと言われていたが、私は逆にその安心感が嬉しかった。

私は余り、『ヒロインに予想外の悲劇が‼』や、『この後、波乱の展開が‼』などを好まない性質だったのだ。

ご都合主義、いいじゃないか。予定調和、バンザイ！　そういう人間だって居るのだ。

『この後きっとこうなるだろうな』と思ったストーリーが、その予想通りに展開していく事にカタルシスを得る人種だって居るのだ。

予想を裏切る展開になると、その先を進める事をやめてしまう人種だって居るのだ。

お話の中くらい、諍いなく、平和で、主人公（自分）に都合よく物事が進んだっていいじゃないか。

……どうせ、現実などままならない事だらけなのだから。お話の中くらい、夢を見たいではないか。

なので私は、掲示板やレビューなどの評価を見てから、ゲームや書籍を購入する事にしていた。

そしてこの『夢幻のフラワーガーデン』は、私の好みにドンピシャだったのだ。

異世界に転生したはいいけれど、王女という身分は窮屈だった。けれど悲しいかな、前世での知識のおかげで、その身分に課された責や己の立場というものを、嫌でも理解できてしまう。

国民の血税によって、国の為に生かされている身だ。疎かにして良いものなど、何もない。

まあ、折角の二度目の人生だ。気負い過ぎず、出来る事を精一杯やっていこう。……私の『精一杯』など、たかが知れているが。

そんな風に思い、生きてきた。

幸い、私の家族たちは皆良い人で、現王である父と王妃である母は円満夫婦だし、次期王となる兄も真面目で勤勉な人物だ。弟も居り、弟は少しやんちゃだが『王族』というものの在り方は理解している。

周囲の廷臣たちも、穏やかで真面目な人が多い。

良い環境に恵まれたな、と嬉しくなる。

ただ、ラノベやマンガで良く見ていた、『自分がやりこんだゲームや、大好きだった物語の世界に転生』ではなかったか……と、少しガッカリもしていた。

どうせなら、『夢幻のフラワーガーデン』のような、優しく穏やかな世界に転生したかった。いや、今の生活も充分に『優しく穏やか』なのだが。

そうして日々を過ごしてきたある日。

友好国との貿易協定調印の為、兄がそちらの国へと赴く事になった。

次世代へと続く架け橋となるべく、現王である父ではなく、次期王である兄が調印するという事らしい。そして、あちらの国でも、調印式に臨むのは王太子殿下であるという事だ。

兄の出立の日が近づいた頃の夕食の際、その調印式の話題が出た。

「あちらも王太子であるレオナルド殿下が臨席されるのよね？」

母の言葉に、兄が頷いている。

ん？　ちょっと待って。　王太子レオナルド殿下？　いや別に、珍しい名前じゃないけど。でもちょっと待って。

「あの……、あちらの国の王太子殿下のご尊名は、レオナルド様と仰るのですか……？」

尋ねると、兄が微笑んで頷いた。

「そうだな。確か『レオナルド・フランシス・ベルクレイン』殿下だったかな」

「そう……なのですか……」

驚きで呆然とする私に、兄や弟は「どうした？　レオナルド殿下に懸想でもしてるのか？」などと揶揄う言葉を投げかけている。

しかし私の心中は、それどころではない。

レオナルド・フランシス・ベルクレイン。

その名前は知っている。

『夢幻のフラワーガーデン』の登場人物だ。メインの攻略対象である、王太子殿下の名前だ。

え⁉　もしかしてホントに、この世界ってあのゲームの舞台なの⁉　じゃあ、マリーベル・フローライト伯爵令嬢も、ホントに存在してるの⁉　ロバート様や、アルフォンス様や、エルリック様も⁉　舞台となったコックフォード学園や、学園内のイベントポイントも⁉

何という事だ。

私は本当に、『大好きなゲームの世界』に転生していたのだ。

……だが、かの国と我が国とは、大陸の端と端くらい離れている。主要な移動手段が馬車であるので、片道で二週間程度かかる。

「ちょっと行ってくるね♪」で行ける距離ではない。

折角のゲーム世界なのに、その舞台となった場所へ行くことも出来ないのか……と、ガッカリした。


その日から、私の夢は『いつかゲームの舞台となったあの国へ行ってみたい』になった。

別に、自分がゲームのヒロインに成り代わりたいだとかは思っていない。

私は王女で、いずれこの国の為となる方の元へと嫁がねばならないだろう。それはもう、そういうものだと幼少の頃から考えているので、特に不満はない。

けれど、自分の為の夢を持っても構わないだろう。

攻略対象とどうこうなりたいなどとも思っていない。

何しろ、時間軸が違う。

ゲームでは、王太子殿下は十七歳だった。現在、レオナルド殿下は二十二歳で、既にご成婚されていて、お世継ぎも居た筈だ。メインの殿下がそうであるのだ。他の攻略対象者の現状も、推して知るべしである。

そして私は、己の身を弁えている。どう考えても、私はヒロインの器ではない。

ただ、私にとっての『聖地』を見てみたいだけだ。

それはあたかも、某マンガのファンが夏になる度に自慢の自転車を持ち寄り、鉄道の某駅に集うかの如く。

行ってみたいのだ。そこの空気を感じたい。ただそれだけだ。


その夢は、二年後に叶う事になった。


ゲームのヒロインであるマリーベル様のご実家が手掛ける女性用下着を、我が国にも輸出してもらえないだろうかという話になったのだ。

当初は外交担当の人間があちらの国へ赴く事となっていた。

だが、どうしてもあの国へ行ってみたかった私が、そこに無理やり自分をねじ込んだのだ。

外交の仕事など殆どした事はなかったが、物が物だけに、中年の男性が赴くよりも良いだろうと判断してもらえた。それに、王族が足を運ぶ事で、こちらの誠意も見せられる。

私の願いと、国側の思惑が一致し、私があちらの国へと赴く事になったのだ。

二週間ちょっとの旅路は流石にきつかったが、憧れの地へと近づいていると思うだけで耐えられた。


そして、対面の日がやって来たのだ。

結果、少し悲しい事実を聞かされた。

レオナルド殿下のお妃様であるエリザベス様曰く、この世界は『ゲームそのもの』の世界ではなく、『ゲームの元ネタとなったであろう世界』なのだそうだ。

なので、ヒロインだったマリーさんの性格も違えば、環境も違う。当然、攻略対象の方々の性格なんかも全く違う。

そういう話だった。

確かに、お会いしたマリーベル・フローライト様は、ゲーム中のヒロインとは違った人物像だった。何と言っても、私と同様に『前世の記憶』というものがある！　しかも同じ元・日本人だ。エリザベス様も同様に、元・日本人でいらした。嬉しい……。私と同じように前世の記憶なんてものを持つ人が居るだけでも嬉しいのに、同郷人だなんて……！　ウレシイ……。

そんなマリーさんは、見た目なんかにはゲームの面影がある。けれど、ゲームのマリーさんより明るく快活で、人懐こい印象だ。ゲームに一切出てこなかったエリザベス様と、とても仲が良さそうだった。

そうなのだ。

ゲームでは名前のある登場人物など、総勢で十人居るか居ないかでしかない。けれど現実では、全員に名前があり、生活があり、命がある。

恐らく、この世界が『ゲームそのもの』だったとしても、ゲームと全く同じ展開になどならないのではないだろうか。

そこに気付いたら、この世界が『ゲームそのもの』でなくても、どうという事はないという気持ちになった。

大好きなゲームの舞台で、そのモデル。それだけで充分ではないか。

日本でアニメやマンガの聖地巡礼をする人々と、何も変わらない。彼らだって、そこにアニメそのままの人物が居るなんて思っていない。（いないよね？）

ただ、大好きな作品に出てきた舞台が見たいだけだ。

私もそれと同じだ。

そう思えたら、ガッカリして萎んでいた気持ちが、ふわっと軽くなった。代わりに、ミーハー心がむくむくと湧いてきてしまったが。

よぅし！　折角こんな遠くまで来たんだ！　目いっぱい楽しんで帰ってやるぞ‼

……あ！　仕事もするよ！　ちゃんと可愛い下着を卸してもらえるように、頑張って交渉するよ！


到着して二日目。

今日もエリザベス様が、私の為に時間を作ってくださっている。

私の兄は未だ独身なのだが、『王太子』というものはとにかく忙しい。なのでそのお妃様もきっと、相当忙しい方に違いない。

というのに、私のミーハーに付き合わせて良いのだろうか……。

「……申し訳ありません、妃殿下。お忙しいでしょうに、私の下らないミーハー心に付き合わせてしまいまして……」

頭を下げると、エリザベス様は笑いながら「大丈夫ですよ」と仰って下さった。

「私は今は、公務を控えめにしてますから、時間はあるのです。そう恐縮なさらないでください」

「ご公務を控えられてるのですか……？」

どこか体調でもお悪いのだろうか。

心配が顔に出てしまっただろうか。エリザベス様が私を安心させるかのように、にっこりと微笑んでくださった。

「三か月ほど前に出産いたしまして。もう体調は戻っているのですが、レオナルド殿下がもう少し休むようにと仰ってくださいまして」

あら！

地球ほど医療が進んでいないこの世界では、出産はとても大変な事だ。衛生観念はそれなりに発達しているのだが、それでも産褥(さんじょく)で亡くなる女性は少なくない。レオナルド殿下のご心配も、ごもっともな話だ。

しかしエリザベス様、この見目で二人の子持ちとは……。こちらの世界は結婚や出産が早いとはいえ、それでも少し驚いてしまう。

とても小柄で、お可愛らしい整った顔立ちをされているので、『美少女』という言葉が良く似合う。実際は私より年上なのだが、ともすれば私の方が年上に見えてしまいそうだ。

そのエリザベス様に案内され、庭へと通された。

「すごい……！　綺麗ですね！」

広大な庭園に、様々な薔薇が競うように咲き誇っている。その中央には華奢なテーブルセット。

私も王女で、自国の城に居住しているが、こうも見事な大庭園は我が城にはない。流石は乙ゲーの舞台となる国だ。華やかで、美しい。

私がうっとりと庭園を眺めていると、エリザベス様がほぅっと小さく息を吐かれた。

「妃殿下？　どうかなさいましたか？」

「いえ……。何と言いますか、『一般的なご令嬢のリアクション』というものに、自身の女子力のなさを痛感していただけです……」

……良く分からない。

エリザベス様はざっと周囲を見渡され、小さな声で「アルフォンス」と呼びかけられた。それに、背後に立っていた騎士様が「は」と短く返事をした。

待って！　そこに居たの、アルフォンス様だったの⁉

驚いて振り向くと、柔らかそうな金の髪を短く刈り込み、ゲームより幾分精悍な印象のアルフォンス様がそこに居た。

ゲームより七年経っている計算だ。攻略対象の方々も、その分お歳は取られる。けれど、アルフォンス様はそれでもイケメンに変わりはなかった。

「……大事ございません」

アルフォンス様の言葉に、エリザベス様は「そうですか」と頷かれる。一体、何があったというのか……。

「ルチアーナ様、あちらのお席へどうぞ。今、お茶も入りますので」

促され、テーブルセットへと向かう。

椅子に座ると、庭園の薔薇がぐるっと見渡せる。とても綺麗なお庭だ。

侍女さんたちがお茶とお菓子を用意して去って行き、テーブルには私とエリザベス様だけだ。エリザベス様の背後には、控えるようにアルフォンス様が立っている。

ゲームでは、チャラチャラした軽い言動のお色気担当お兄さんだった。けれどその実、騎士という存在について、誰より真摯に向き合おうとしている人だった。『守りたいもの』『忠誠を捧げるべき相手』を探している人、という設定だ。

そしてそれらをヒロインに見出し、「本当に守りたいものを見つけたんだ」とヒロインに告げ、エンディングとなる。

現実のアルフォンス様は、確かに色っぽい外見をしている。けれど、綺麗な姿勢で真っ直ぐに立つ姿は、『騎士としての在り方』に迷っている風ではない。

……というか、めっちゃカッコいい。どうしよう。ホントにカッコいい。

ウチの国にも騎士は居る。が、我が国の騎士というのは、もうちょっと荒っぽい人が多い。ここにはアルフォンス様だけでなく、他にも数人の騎士の方が配置されている。彼らは皆一様に、荒っぽさなど微塵も感じさせない。

この国の騎士の人たち、何か皆カッコいいんだけど！　……羨ましい……。私もカッコいい人に護衛されたい！　……いや、我が国の騎士も皆、頼りになる人たちだけれども。不精髭率が高いの、何とかならないのかしら……。


暫くエリザベス様とお茶をしていると、建物の方から誰かやって来た。

見ると、マリーさんと一人の男性だった。

「おはようございます！　エリザベス様！」

とても明るい声でマリーさんが挨拶をされるのだが、挨拶、ホントにそれでいいの⁉

「おはようございます、マリーさん」

え⁉　エリザベス様も、フツーに返すの⁉　そういうものなの⁉　相手は王太子妃なのだから、もっとこう、格式ばった挨拶をすべきなんじゃないの？

「ルチアーナ様も、おはようございます！」

元気な明るい笑顔で言われ、思わず「おはようございます」と返してしまう。何か、マリーさんって、すごいわ……。

そのマリーさんのお隣の男性が、私に向かって礼をした。

「お初にお目にかかります。ポール・フローライトと申します」

「私の旦那さんです」

えへへ、と照れたようにマリーさんが笑う。

ああ、そうか。

『マリーベル・フローライト伯爵令嬢』は、フローライト伯爵家の一人娘だったっけ……。え？ てことは、ちょっと待って。今更だけど、ちょっと待って。

ゲームで王太子殿下ルートとか、公爵令息ルートとかって、その後のフローライト伯爵家はどうなったの⁉ ……いや、ゲームだから、どうもなってないだろうけども。

その前に、ポールさんにご挨拶しなきゃ。

「どうぞお顔を上げられてください。ルチアーナ・アメーティスです。お会い出来まして幸甚でございます」

「こちらこそ。我がフローライト商会は、アメーティス王国には支店もございませんので。この度のお話、とても有難く思っております」

顔を上げたポールさんが、笑顔で言うけれど……。

何かしら。目の中に『¥』が見える気がするわ……。『$』でもいいかも。『€』でも……。

そのポールさんの脇腹を、マリーさんが肘でゴスっと小突いた。小突いた……というか、思い切り突いた、の方が恐らく正確だ。本当に『ゴスッ』といい音がした上に、ポールさんが「ぐふッ」とおかしな息を漏らしているのだから。

「ポール君！　目がお金を追い求める人になってるから！　王女殿下に失礼だから！」

「そんな事言っても、マリーもお金好きだろ⁉」

「大好きだけど！　そういう問題じゃなくて！」

「……その会話を大声でしている時点で、問題しかないのでは……」

私の隣でぼそっと呟いたエリザベス様に、私も思わず頷いてしまった。

「確かに、お金は大事ですけれどね……」

「そうなのですけれど、あの二人はちょっと『お金を稼ぐ』という事に貪欲過ぎるきらいがありますので……」

そうなのか……。マリーさん、読めない人……。

まだ言い合いをする二人を、エリザベス様と二人で遠い目で見守っていると、また城の方から誰かやって来た。

それに気付いて、マリーさんとポールさんが礼を取る。という事はつまり、あちらからおいでになられているのは、王族の方だ！

私も礼をしなければ！　と思ったところで、エリザベス様が「ふふっ」と小さく笑った。

「大丈夫ですよ。格式ばった礼など、不要です。今日はただ、『私の友人とお茶を楽しむ』だけの場ですから」

その言葉に、頭を下げていたマリーさんが、顔だけをこちらに向けた。

「じゃあ、私も直って大丈夫ですか？」

「マリーさんは、礼しときましょう。ルチアーナ様は一国の王女殿下ですから不要ですが」

それに小さく舌打ちをしたマリーさんを、エリザベス様が「舌打ちはやめなさい」と小声でたしなめた。

マリーさん、本当に読めない人だわ……。

礼は不要と言われたが、一応椅子から立ち上がり、来訪を待つ。

ややして、そちらから数人の男性がやって来た。

わー！　わー！　本物！

先頭を歩いていらっしゃるのは、レオナルド殿下で間違いないだろう。キラキラの金の髪に、明るい青い瞳の、冗談みたいな美形。ウチの兄も美形だと思っていたけれど、レオナルド殿下と比べるとハリウッドスターとクラスの一番人気の男子くらいの差がある！　これは乙ゲーのメインヒーロー張れる筈だわ……。

その後ろに居るのは、恐らくロバート・アリスト公爵閣下と、ヘンドリック・オーチャード様だ。

すっごい……！　なに、あの美形ユニット……。めっちゃ眩しいんだけど……。

礼……！　礼をしなければ……！　この眩しい王太子殿下に対して、直立はないわ……！

「いや、礼などは不要だ。そちらの二人も、直ってくれ」

礼をしようとした私を制し、更に頭を下げていたマリーさんとポールさんにもそう言うと、殿下はこちらを見て微笑まれた。

だから、眩しいんですって……。

「遠いところ、良く来てくれた。王太子レオナルド・フランシス・ベルクレインだ」

「ルチアーナ・アメーティスでございます。拝謁できまして、光栄の極みでございます」

ホントに……！　何て、光栄なのか！　そして、何て眩しい方なのか……！

「ルチアーナ王女、ようこそ我が国へ。挨拶が遅れてしまってすまない」

「いえ、とんでもない事でございます。わたくしこそ、滞在を許可いただき、感謝いたしております」

「感謝されるような事でもない。そちらとは友好国同士であるのだ。この程度の便宜を図るなど、造作もない」

「レオン様、お時間いただきまして、ありがとうございます」

エリザベス様がそう仰ると、殿下がそちらを見て微笑まれた。

その笑顔が！　今までの数倍眩しい！　エリザベス様、良く平然としておられますね⁉

「どうという事もないよ。エリィとお茶をする事が出来るのだから。その為なら時間くらい幾らでも作ろう」

「幾らでも、は無理かと」

苦笑するエリザベス様に、レオナルド殿下が楽し気に笑われる。

はー……。何この二人……。めっちゃ眩しい……。

そしてそのお二人を、周囲の人々は何だかぬる〜い目で微笑みつつ見守っておられる。……ああ、いつもの事なのですね……。

レオナルド殿下はすっと移動すると、ごくごく自然な動作でエリザベス様の隣に立ち、腰に手を回される。

わー……。何か、めっちゃ見せつけられてる感……。

そしてやっぱり、周囲の人々がぬる〜い目をしている。これはもう、『そういうもの』と気にしない方がいいアレなんですね。

「王女殿下、お初にお目にかかります。ロバート・アリストと申します」

「ヘンドリック・オーチャードと申します」

ロバート様は鋭角的な印象の、理知的なイケメンだ。ゲームでのインテリ枠だったレナード君より、余程インテリ感がある。

ロバート様、ゲームだとエルリック様と並んで『癒し系』だったんだけど。現実のロバート様は、癒し系には程遠い印象だ。怜悧で冷静。そんな感じ。というか、見た目からも分かるインテリ感がすごすぎて、何か気後れする……。

ヘンドリック様は、笑顔の柔らかい、マリーさんの仰っていた通り『気のいいお兄さん』という感じの方だ。

殿下が桁違いのイケメンで、ロバート様も気後れしそうなイケメンだが、ヘンドリック様は『親しみやすいイケメン』という感じ。……何故、ゲームではツンデレ枠だったのか……。めっちゃにこにこしてて、優しそうな方じゃないか……。

そしてその背後に、恐らく殿下の護衛の騎士様であろう男性が居る。

ゲームには全く登場しなかった人だが、彼もまたシュッとしたイケメンだ。

何なの、この国。イケメン多すぎじゃない!? ちょっとくらい、ウチにも分けてくれないかな……。

ウチの国の、厳つい不精髭率、マジで何なの? ああいうのが好きな人も居るだろうけど、私はキラキラ系イケメンの方が好きなのに……。


全員でテーブルに着き、皆でお茶をする事となった。

殿下をはじめとする男性諸氏は、一時間程度しか時間が取れないとの事だったが。私の下らない我儘の為に、有難いお話である。

私の隣にエリザベス様が座り、そのエリザベス様のお隣(というか、めっちゃ距離近い)にはレオナルド殿下。

私たちから少し離れてマリーさんとポールさん、そしてロバート様とヘンドリック様。

このテーブルのキラキラ感、凄まじいわ……! 某チョコ菓子のおまけシールのキラくらい、キラキラしてるわ……!

本当に私、ここに混じっていていいのかしら……。

「アメーティス王国とは、建築の様式なども違うが、居心地は悪くはないだろうか?」

殿下に尋ねられ、私は思わず周囲を見回した。

確かに、この国は典型的な中世ヨーロッパ風だ。対して私の国は、ちょっとオリエンタルな様式なのだ。自国の建物なども美しいと思うが、やはり女子的にヨーロッパのお城はグッとくるものがある。

「大変素晴らしいです。お城も、お庭も」

「そうか。それは何よりだ」

「我が国の王城には、このような広いお庭がありませんので、とても興味深く素晴らしいと思います。薔薇もとても美しいですし」

「そう」

相槌を打ちながら、殿下は小さく笑うとエリザベス様を見た。その視線にエリザベス様は、何やらバツが悪そうな顔で、明後日の方向を眺めている。

何なのかしら?

「アメーティス王国のお話を聞かせていただけませんか？　とても興味がありますので」

ロバート様が微笑みながら仰る。

我が国の話、と仰られても……。何を話したら良いのやら……。

「どのようなお話でも大丈夫ですよ。例えば、ルチアーナ様からご覧になられて、この国と違うなーと感じられる事ですとか」

エリザベス様が助け舟を出して下さった。

私は何とか、気付いた事などをぽつぽつと話す事が出来た。その私の拙い話を、レオナルド殿下も側近の皆様も、質問などを交えながらも聞いて下さる。

何このキラキラ軍団。外見だけじゃなくて、中身もイケメン過ぎない？

お兄様なら絶対、私が話に詰まったりする度、揶揄うように笑うのに！　見習ってよ、お兄様！

だからお兄様、精々が『クラスで一番カッコいい男子』レベルなんだからね！　こういう優しさもあってこそのイケメンなんだからね！


色々なお話をしている内に、殿下のお時間がなくなってしまったようだ。

侍従の方に声をかけられ、殿下は席をお立ちになられた。

「では申し訳ないが、私はこれで失礼するよ」

「お時間いただきまして、ありがとうございました」

頭を下げた私に、殿下が小さく笑われた。はー……眩し。

「いや、構わない。どうか滞在を楽しんで欲しい」

「ありがとうございます。……皆様も、お付き合いありがとうございました」

側近の方々にも頭を下げると、代表するようにロバート様が「いえ、どうか頭などお下げになりませんよう」と仰って下さった。

「ではね、エリィ」

言うと、殿下はエリザベス様の頬に、ちゅっとキスをされた。

ひゃ〜！

しかし照れているのは私一人だ。……そうですか。これも、日常ですか……。レオナルド殿下、聞きしに勝る一筋っぷりですね……。


男性陣が居なくなると、エリザベス様の侍女さんがエリザベス様に何かを手渡した。エリザベス様は受け取った何かの書類のようなものを、テーブルの上に置かれた。

それは、小さな肖像画だった。

「遠路はるばるおいで下さったルチアーナ様に、せめて兄の絵姿でも……と用意させたのですが……」

覗き込んでみると、そこには椅子に座った男性の姿がある。とても綺麗な顔立ちで、ゲームのエルリック様よりもともすれば美しい男性だ。桁違いのイケメンだった殿下と、タメを張れるレベルの眩いイケメンである。

だがそれだけではない。

男性は、膝に女性を乗せ、しっかりとその身体を抱きかかえている。

「えー……と、この、何処から見てもエリザベス様な女の人は……？」

マリーさんが酷く訊き辛そうな口調で言った。

そう。男性が膝に乗せているのは、どう見てもエリザベス様なのだ。ただちょっと、今目の前にいらっしゃるエリザベス様より、幼いと言うか若い？

「坊ちゃまの『私のエリィ人形（十八歳・夏）』でございます」

……え？

「肖像画などを描かれる際には、坊ちゃまは『私のエリィ人形』と一緒か、若しくはエリザベス様ご本人と一緒でないと絶対に嫌だと駄々をこねくさりまして」

……侍女さん、お言葉が……。

「待って、マリナ。私、その話聞いた事ないわ」

「はい。旦那様と奥様から、特にお教えする必要はなかろうと仰せつかっておりましたので」

「そうね……。聞いたところで、私の正気が危うくなるだけだものね……」

「はい。エリザベス様はどうぞ、このお話はお忘れになってください。覚えておく必要もございません」

「これ……、人形、なんですか……？」

驚いたようにマリーさんが尋ねる。

確かに、絵なので詳細は定かではないにしろ、凄まじいクオリティだ。

「人形でございます。坊ちゃまの手製です。しかもどのように調べるのか、エリザベス様と全てのサイズが一致します」

「やめてぇぇぇ……！」

ああ！　エリザベス様が！

侍女さんはエリザベス様の背をさすると、とても優しい声で言った。

「大丈夫でございますよ。エリザベス様には殿下がいらっしゃいます。大丈夫でございます」

「うぅ……。そうよね……。お兄様は、王城へは入れないものね……」

「はい。むしろ、入り込んでくれたならば、叩き潰す口実も出来るのですが……」

……マクナガン公爵家での、エルリック様の扱いってどうなってるの？　叩き潰すとか言っちゃってるんだけど……。

エルリック様のお話は衝撃しかなかったけれど、お姿はやはりとびきりのイケメンだ。やっぱりちょっと羨ましい。

いや、でも、私のお兄様はシスコンとかでなくて良かった！　小説なんかに出てくる『スパダリ系シスコン』とかなら、本気で羨ましいけど。エルリック様はどうも、そのレベルを遥か斜め上に超えてらっしゃるようだし……。

……斜め下方向なのかしら？　……どっちでもいいか。

私は一週間ほど滞在し、自国への帰路へ就いた。

楽しかったなあ、と、馬車の中で今回の訪問を振り返る。

憧れていたゲームの舞台。

でもそこに居たのは、ゲームと関係なく、『ただ当たり前に生きている人たち』で……。

それでも、マリーベル様（ヒロインさん）は明るく楽しく素敵な方だったし。……なんかちょっと、読めない方だったけど。可愛い下着を沢山卸してもらう契約をした。あと、我が国への支店の出店もお約束してくださった。

後日、マリーさんとポールさんと揃って、我が国を来訪してくださるそうだ。今から楽しみだ。

レオナルド殿下は、ゲームでの無表情と大違いの、穏やかで静かな方でいらした。そしてゲームのあの美麗スチルより眩しい美貌だった……。あんな人、ホントに居るんだ……。

エリザベス様とは政略結婚だそうだが、「え？　ウソでしょ？」てくらいラブラブだ。しかも見ている限り、殿下の方がベタ惚れだ。

視界にエリザベス様がいらっしゃると、必ずその傍へと行かれる。

初めは見ているだけで照れてしまったが、一週間程度で慣れてしまうとは……。あれは側近の方々も、ただぬる〜い目になる筈だわ。


ロバート様は、ゲームでの『癒やし』をどこかに置き去りにされたような、超エリート系インテリだったし。

レオナルド殿下の妹君とご結婚されているそうで、お二人が共に居るお姿も拝見したが、……何と言うか色気がなかった……。お二人とも、テキパキと『仕事に関する話』をするお姿しか見ていないから、そう思ってしまったのかもしれない。何というか、大企業のデキるエリート社員同士の日常……というか。

けれどとても見目の麗しいお二人なので、素晴らしい目の保養にはなった。

ヘンドリック様はやはり、ゲームの『ツンデレ』をどこかに捨て去った、とても朗らかで気遣いの出来るお優しい方だった。

私の周囲にも気を配って下さるので礼を言ったら、「妹が居るので、どうも年下の女性には世話を焼いてしまいがちで……」と苦笑されていた。

いいえ、私は本当に助かりましたよ。さりげなく、何気なく気を遣ってくださるので、嬉しかったですよ。


アルフォンス様は、ゲームではヒロインと色々な会話をしていたが、業務中は無駄口を一切きかない、とても真面目な騎士様でいらした。

……まあでも、そりゃそうよね。護衛の騎士が、警護対象をほっぽって女の子とくっちゃべってる方がおかしいよね。

常に気配すら殺し、エリザベス様の背後に控えていらした。

我が国のちょっと荒っぽい不精髭たちと随分違うと思い、それをぽろっとエリザベス様に零したら、エリザベス様がそれをアルフォンス様にお伝えになられたようだ。後日アルフォンス様から、「王女殿下の仰るのは、単に『在り様』が違うだけでございましょう」と言われた。

アルフォンス様曰く、彼ら『護衛騎士』は、彼らの主をただ『守る』のが仕事だ。なので、荒事よりも万難を排す為の術を第一に習得する。

だからこそ、気配を殺し、常に周囲に気を配り、『ただそこに居る』のが仕事なのだそうだ。

対して私の言う『荒っぽい騎士』とは、『主にとっての敵を排する』事が仕事だ。なので荒っぽかろうが粗野であろうが、彼らの為すべき事が為せるのであれば、それで良い。

成程、と納得した私に、アルフォンス様は少し楽し気に笑いながら、「我が国の騎士にも、荒っぽいのは居りますよ。何事も、適材適所でございましょう」と仰っていた。

確かに、外向きの用に連れ歩くのに、余り荒っぽい人々を伴うのは得策ではないかもしれない。

帰ったら、お兄様にそう言ってみよう、と心のメモにしっかり書いておいた。


そして、エルリック様は……。

エルリック様は……。

……お会いしてみたいというミーハーな気持ちを、木っ端微塵に砕いてくださる、何とも言いようのないお方であるようだ……。


帰国間際、エリザベス様が「どうぞまたいらしてください」と仰って下さった。「可能でしたら、今度は『私たちの友人』として、観光にでもいらしてください」と。

お友達！　嬉しい！　と喜んだ私に、エリザベス様もマリーさんも、楽し気に笑ってくださった。

素敵なお友達が出来ちゃったな。しかも、日本のお話が通じるなんて！

ウキウキで国へと帰り、沢山の土産話を家族にするのは、その数日後。

あちらの国へ再訪し、夜会で出会った若き侯爵様と恋に落ち、あちらの国へと輿入れするのは、その更に数年後。

その幸せな未来を、今の私はまだ知らない。

第6話　異世界でお茶会

娯楽に溢れていた前世、私はゲームやマンガや小説を好んでいた。

基本的に頭を使わなくても良いものが好きだった。

ていうか、『娯楽』なんだから、『楽しい』だけで成り立っててイイと思うし。世の中には苦行みたいなゲームもあるらしいけど、そういうのをプレイする人の気持ちがよく分かんないわ。

「『緊張と緩和』です。苦行の果てに、全てを蹂躙(じゅうりん)し尽くす快感があるのです」とエリザベス様は真顔で言ってらしたけど、『蹂躙し尽くす』って……。そんでそれが『快感』て……。

……本当に、この人が『王妃』でいいのだろうか。ちょっと好戦的過ぎやしないだろうか……。

それはさておき、私はそういう苦行を強いるゲームは得意ではない。

あと、考えなきゃいけない事が多いゲームも苦手だ。ついでに言うなら、アクションも苦手。コントローラーと一緒に身体が動いちゃうタイプで、大昔に超有名なオーバーオールの配管工おじさんの横スクロール・アクションゲームでコントローラーを引っ張り過ぎて断線させた事があるくらいだ。

そんな人間なので、テキストを読んで選択肢をポチポチ……みたいなゲームは大歓迎だ。コントローラーの寿命的にもウェルカムだ。

しかもシナリオに鬱展開なども望まないので、平和にただイチャコラしてるだけみたいな乙女ゲームは大好物だ。

一部、シナリオがエグいものもある。そういうゲームはレビューを見て回避する事にしていた。ヤンデレだらけの血塗れパーティーみたいなゲームは、そういうものと覚悟して購入したが、やはりクリアは出来なかった。

監禁までは許そう。だが、何故全員、バッドエンドでこっちを殺しに来る⁉　バッドじゃなくて、デッドエンドじゃん！　グッドかバッドかっつったら、そりゃバッドだけども！　むしろワーストだけども！　足の腱切って鎖で繋ぐとか、それの何が『ハッピー』エンドなの⁉　ハッピーなの、ヤンデレ男だけじゃん！　ていうか、『ヤンデレ』じゃなくて、『病んでる』だけじゃない⁉　あぁ、これが『メリバ』ってヤツか。……解せん……。

……ヤンデレ界は私には難度が高すぎた……。

深淵を覗き込んで、深淵に覗き込まれた気分だった……。

いいのよ。

シナリオに深淵を覗き込む勢いの『深み』なんて要らないのよ。浅瀬でちゃぱちゃぱしてるのが楽しいのよ。リアルな恋愛の懊悩(おうのう)なんて必要ないのよ。

そんな遠浅万歳な私にジャストフィットしたのが、『夢幻のフラワーガーデン』という乙女ゲームだった。

美麗なスチル、耳当たりの良いＢＧＭ、クソダサいオープニングとエンディング、チープな演出、深みも悩みもないペラッペラのテンプレシナリオ……と、私のニーズに一二〇％フィットするゲームだった。

褒めています。心の底から賞賛しています。

「心の底から分かります！　むしろ分かりみしかありません‼」

拳を握り、力強く同意してくれるルチアーナ様。この国から遠く離れたアメーティス王国という国の王女様だ。

そして、転生者仲間だ。

ていうか『分かりみ』とか、すごい久しぶりに聞いたわ。懐かしくて嬉しいわ。……エリザベス様、そういう言葉遣われないもんな。

「わたくしも『テンプレ万歳、鬱展開は不要』派ですので、あのゲームは本っ当に大好きだったのです！」

「仲間ですね」

笑いながら言うと、ルチアーナ様も嬉しそうに笑いながら「はい！」と頷いてくださった。

聖地巡礼にいらしたルチアーナ様が、前世のお話をしたがっていらしたようなので、我が家へご招待したのだ。

お城だと、侍女さんも護衛の騎士様もいっぱいで、あんまり大っぴらにお話できないしね。

ちょっと豪勢な民家な我が家だったのだが、マイダーリン・ポール君が凄まじい有能さを発揮してくれたおかげで、フツーに『お貴族様のお邸』風な家に様変わりした。

別にいいのだが、自宅なのにちょっと落ち着かない。……別にいいんだけども。ちょっと私の心の小市民が「これに慣れたらいけない」と叫ぶだけだ。

本当はエリザベス様もお誘いしたのだが、「乙女ゲームは守備範囲外でして……」と申し訳なさそうに言われてしまった。

そして私やルチアーナ様にとっては、エリザベス様のプレイされてきたゲームたちが守備範囲外だった。

ていうか、タイトル言われても知らないゲームが多かったよ……。「ご存知ないんですか⁉」とめっちゃ驚かれたけど、そんなに有名なゲームなのかな……？　聞いた事すらなかったけど……。

でも……。

「日本に居た頃、周りに一人も居なかった同好の士が、まさか異世界で見つかるなんて……」

「全くもって同感です」

しみじみと頷かれるルチアーナ様。

本当に、まさか異世界であのゲームのファンでオフ会が出来るとは……。♪ナナナナナ～、ナナナナ～、異世界オフ会。

ルチアーナ様はお茶を一口飲まれると、こちらに向かって軽く身を乗り出してきた。

「マリーさんは攻略対象の方々を間近でご覧になられてきたのですよね⁉」

「まあ、一部の方だけですけれど」

未だにインケン眼鏡と脳筋には出会った事がない。……別に、会いたいとも思っていないけど。

あと、エルリック様にもお会いした事はないが、先日のエリザベス様と侍女様のお話を聞く限り、

『会わない方が色々といい』ような気もしている。見たかったお姿は、肖像画で見る事も出来たし。……その肖像画がアレなカンジではあったけど。

幸いと言うべきか何と言うべきか、マクナガン公爵家は社交の場に一切出てこない家なので、パーティーや夜会などへ出席してもエルリック様にお会いする事はない。

「ゲームの時間軸からは既に七年経っていますけれど、七年前の皆様はどのような感じでしたか⁉」

「そうですねぇ……」

七年前。

まだ私が学生だった頃だ。そして大量の課題に血反吐を吐く思いをしていた頃だ。……優等生なエリザベス様とエミリアは、毎日楽しそうだったが。……ていうか、何で二人してあんな出来いいのよ。エリザベス様はまあ転生者って事で前世の知識チートみたいなものもあるだろうけど。生粋の庶民のエミリアは何なのよ……。

その七年前の攻略対象の方々の様子と言えば……。

「皆様、今と大差ないかと」

……としか言えない。

案の定、ルチアーナ様は「えぇ～！」と不満顔だ。でもそうなんだから、仕方ない。

「でも、ゲームをプレイしてる時も思ったんですけど……」

お茶を一口飲む。……結構冷めちゃったな。冷めてても飲めるから、個人的には気にしないけど。

でも、淹れ替えてもらった方がいいかな？

「ルチアーナ様、お茶、淹れ替えますか？」

一応、確認を取ってみる。するとルチアーナ様は笑いながら、「いえ、わたくしは猫舌ですので、これで構いません」と言ってくれた。

優しい……♡

「わたくしは『王女』という立場ですので、こういった発言は普段控えているのですけれど……。マリーさんでしたら、同郷の誼でご理解いただけそうですので言いますが……」

ルチアーナ様はそう前置きをすると、私を見て苦笑するように笑われた。

「お茶なんて冷めても飲めますし、いちいち交換するのも勿体ないと常々思っておりまして……」

「分かりみしかない‼」

思わず言ってしまった私に、ルチアーナ様も深く頷いてくださった。

貴族ですら『勿体ない精神』を発揮してしまうと、「貧乏くさい」だの何だの言われてしまう世界だ。

見栄と体面は時として命と同等程度に重い。

ルチアーナ様のように王族となれば、それは更に重い事だろう。

話が逸れてしまった。

……でもやっぱ、日本人相手の会話はラクでいいなぁ。

「えっと、お話を戻しますけど、ゲームをプレイしてる時も思ってたんですけども、主人公(ヒロイン)は伯爵令嬢な訳じゃないですか」

「ええ、そうですね」

「で、攻略対象の方々は、殆どが主人公より身分が上の方ですよね」

「まあ、大抵の乙女ゲームにおいて、そういうものなのでは？」

「まあ、そうですけど」

『夢幻のフラワーガーデン』の攻略対象は、上は王太子殿下から下は騎士見習いまでだ。その騎士見習いの脳筋にしても、お父上は騎士爵をお持ちの準貴族だ。完全なる平民ではない。

あのゲームの登場人物の権力ヒエラルキーはこんな感じになる。

王太子殿下＞ロバート・アリスト公爵＞エルリック・マクナガン公爵令息＞ヘンドリック・オーチャード侯爵令息＞アルフォンス・ノーマン騎士爵＞インケン眼鏡侯爵令息＞脳筋騎士見習いだ。

そこにヒロインを加えるとするなら、インケン眼鏡と脳筋の間だ。

つまりヒロインの序列は下から二番目。頂点の王太子殿下とは、天と地くらいの身分差がある。

「ヒロイン、登場人物の中でも下から数えた方が早いくらいの身分でしかないのに、ヘーゼンと王太子殿下に話しかけるとか度胸エグくないですか……？」

「それは確かに思いましたけれど、そこは敢えて目を瞑(つむ)らなければならない箇所ではないかと……」

やっぱ思いますよね！

「でもって、ですね……。ゲームをプレイしててもそう思うくらいなんで、現実で攻略対象の方々にお声をかけるとか、もう不可能過ぎて爆笑するレベルですよ……」

「ああ……。言われてみたら、その通りですね……」

そう。

ゲームをプレイしているだけでも「乙ゲーヒロインの『敢えての空気の読まなさ』スゲーな！」と思うのだ。そう思いつつプレイするような人間が、何故、現実の彼らに声などかけられようか。

「ゲーム期間は私も実際、学校に通っていましたけれど……。日常的にお会い出来るのは、王太子殿下とアルフォンス様のお二人だけでしたし。……で、そのお二人に声をかけるなんて、まあまず無理ですし」

「そこは！　マリーさんの『ヒロイン力』でもって！」

ルチアーナ様はグッと拳を握って、そんな事を仰るが。

「そんな力、私にはありません……」

どうやったら、あの殿下に気軽にボディタッチなんて出来るっていうのよ‼　怖すぎて有り得ないわ‼　ていうか、エリザベス様ですら殿下に気軽に触ったりとかしないっていうのに‼

それに、だ。

「殿下はゲームだと『俺様王子様』だったじゃないですか」

「はい。……実際の殿下はとても柔らかな印象で、目が潰れそうなくらい眩しくていらっしゃいますね」

……殿下が『柔らか』でいらっしゃるのは、ルチアーナ様がエリザベス様のご友人だからですよ……。そうでなければきっと、殿下は歯牙にもかけませんよ……。

けれど、ゲーム中の『レオナルド殿下』と印象が大分違うのは本当だ。

あちらはきっと、『ゲーム的なキャラ付け』として『俺様』という属性だったのだろう。♪ナナナナ〜、ナナナナ〜、俺様王子様。

「私、『俺様キャラ』って、あんまり好きじゃないんですよね……」

「あら、そうなのですか？」

「はい。ルチアーナ様はお好きなんですか？」

「ゲームやマンガなんかの二次元でしたら、どちらかというと好物寄りです」

ほう……。好物でいらっしゃいましたか。

「『俺様系』が苦手でいらっしゃるなら、実際の殿下の方が近寄り易いというか、そういう事は……？」

「ルチアーナ様」

チッチッチ……と、舌を鳴らしつつ人差し指を振ってみせる。

「王太子殿下、気安く話し掛けられる雰囲気でしたか？」

言うと、ルチアーナ様は「あぁ……」と小さく声を漏らした後、一度頷かれた。

「激烈、ムリです」

仰る通りです。

「とにかく、『生粋のロイヤルオーラ』みたいのが凄いじゃないですか。もーなんか、畏れ多すぎて、用もないのに話しかけるとか無理ゲー極まれりですよ！」

「分かります」

ルチアーナ様は深く頷かれると、一度ため息をついて苦笑された。

「こちらの国は、わたくしのアメーティス王国と比べまして大国でしょう？　その大国の王太子殿下というだけでも気後れしてしまいますのに、非の打ちどころの見当たらない立ち居振る舞いでいらして……。『大国の王族』という方は、こうも威厳あるものかと……」

「でもルチアーナ様も、王族でいらっしゃるんですから……」

「マリーさん」

急に静かに呼びかけられ、思わず「ハイ」と返事をして姿勢を正してしまった。

ルチアーナ様、ちょっと目が据わってらっしゃるけど……。なんかコワいんだけど……。

「何事も、『格の違い』というものはあるのです」

「そ、そうですね……？」

「そうです。わたくしの兄は我が国の王太子ですが、レオナルド殿下を拝見してつくづく思いました。『我が国屈指のイケメン』などと呼ばれてちょっとイイ気になっている兄ですが、レオナルド殿下と比べたら『ハリウッド俳優』と『クラスで一番人気の男子』くらいに差がある、と。乙ゲーでメインを張るような方と、その辺の『ちょっとカッコイイ』くらいの人とでは、雲泥の差があるのです」

据わった目できっぱりと言い切るルチアーナ様が、ちょっとコワい……。

「そ、それ程に差が……」

「あります」

きっぱり。

……ルチアーナ様のお兄様、どんな方なんだろう……。逆に興味出てきちゃうわ。

ちょっと今度ポール君にお願いして、アメーティスの王太子殿下の絵姿、取り寄せてもらおう。

そんな事を考えている私に、ルチアーナ様はやはり据わった目できっぱりと言った。

「レオナルド殿下と兄とでは、同じ一国の王太子という立場ではありますが、大スターとその物真似芸人くらいの差があるのです！」

分かり辛い‼

ルチアーナ様、『会心の喩え(たと)をしてやったり』みたいな顔してらっしゃるけど、ビックリする程分かり辛いよ‼

でも更に、ルチアーナ様のお兄様が気になるよ‼

これは何としても、アメーティスの王太子殿下のお姿を確認しなければ……！

ルチアーナ様は気持ちを落ち着けるようにお茶を飲むと、小さく深呼吸するように息を吐かれた。

見目は可憐なお姫様でいらっしゃるし、所作なんかも優雅で落ち着いてらっしゃるけれど、やっぱり中身は『元フツーの日本人』だわ……。

「マリーさんもエリザベス様も、『この世界は乙女ゲームの中ではない』と仰られますけれど……。

エリザベス様の説明も合点のいくものではありましたけれど……」

ルチアーナ様は何か考えるように目を伏せて軽く言葉を切ると、ややして考えが纏まったように視線を上げた。

「『改変された乙女ゲームの世界』である可能性……というのは、ないのでしょうか？」

「それはつまり……」

小説なんかで良くある、『ゲームの世界』や『マンガの世界』である事は確かで、『原作通り』にならないように転生者が頑張る……的なお話だろうか。

「そうです。前世の記憶を持ったマリーさんやエリザベス様の行動によって、『原作』から逸れてしまった世界である……という可能性は……」

「ほぼ、『ない』と思ってます」

これは、私とエリザベス様とで、結構な時間をかけて一つずつ可能性を検証していった結果だ。

「ゲームとこの世界とである『差異』が、もし私やエリザベス様によって齎されたのだとしたら、その『差異』は私たちが関与できる範囲でしか有り得ない……という事になりますよね」

「まあ、そうですね」

そう。

『破滅フラグを何とかする為に頑張る』だとか、『断罪エンド回避の為に頑張る』だとかの場合、当たり前だが『頑張った人の周囲から影響が広がっていく』。手の届く範囲から変わっていって、最終的に物語そのものが原作を外れていく。

では、どう足掻いても手の届かない場所は？

前提条件から考えると、『変わりようがない』が正解だ。

「ゲーム開始前の段階で、私が接触した攻略対象はゼロ人です。つまり、私がゲーム世界の登場人物を改変できる機会はありません」

そしてそんな事をするつもりもありません。

……だって、インケン眼鏡とか脳筋とか、会わずに済むなら会いたくないじゃん……。

「では、エリザベス様は？」

ルチアーナ様は、軽くこちらに身を乗り出してきている。

分かるわぁ。こういう『マンガや小説の中の出来事』みたいなの、ワクワクするよねー。

「エリザベス様はゲームの通りに、殿下が九歳の頃に婚約されました。エリザベス様曰く、『その頃既に、殿下は殿下だった』そうです」

俺様の気配なんて微塵もなかったそうだ。

「あと、エリザベス様のお兄様ですが、エリザベス様が言うには『コックフォードに通うという事が、どう考えても有り得ない』んだそうです」

そもそも、『マクナガン公爵家』という家は、この国の貴族の中でも異端中の異端だ。一切の社交も出仕もせず、王都の邸に居る事すら本来は稀なのだそうだ。実際、マクナガン公爵家の方々は、エリザベス様がお輿入れをされ、無事に王子を出産されたのを見届け、領地へと引き払われてしまっている。

折に触れ王都へ来ることはあるそうだが、彼らにとって王都とは『用事がある時に来る場所』なのだそうだ。以下はエリザベス様のお言葉だが——

ですので、もし私という存在がなかったとしても、兄が王都の学園へ通う……というのは、非常に考え辛いのです。

父に、もし兄が王都の学園へ通いたいと言ったならどうするか——と尋ねてみました。返事は『通いたいと言うのであれば好きにしたらいいだろうが、……そもそも、通いたいか？』と真顔で言われました。

『コックフォードだろう？　有象無象の貴族連中が、笑顔で腹の探り合いとマウンティング合戦を繰り広げている、見目だけ華麗な見世物小屋だ。余程の用でもなければ、あんな場所、足を踏み入れたいとも思わんだろうよ』だそうです。私も父の意見に賛成です。

「『見目だけ華麗な見世物小屋』、ですか……。マクナガン公爵という方は、辛辣な方でいらっしゃるのですね……」

エリザベス様の言葉を伝えると、ルチアーナ様はほうと息を吐きつつそう呟かれた。

でもですね、ルチアーナ様。私、公爵に何度かお会いした事あるんですけどね、めっちゃニコニコした愉快なイケオジっていう印象しかないんですよ……。そんな毒吐くような人に見えないんですよ……。

マクナガン公爵家、何か怖い……って思いましたよ。

余談だけれども、ポール君が言うには『この国で一番、侮ってはいけない家』として、大商人たちの間では有名らしい。

そして裏社会では『絶対に関わってはいけない家』としても有名らしい。

……大貴族って、やっぱおっかないわ！　でもそう言ったら、ポール君に笑われた。「大丈夫。そこまで怖いの、マクナガン公爵家くらいだから！　あ、後は今ならアリスト公爵家も追加だなー」だそうだ。

……確かに、アリスト公爵家は怖い。あの超絶エリート公爵夫妻は、おっかない事この上ない。

それはさておき。

七年前のゲーム期間中、エルリック様は領地に居たそうだ。ご両親は王都にいらしたそうだが、それもエリザベス様が殿下の婚約者となられたからだそうで、そうでなければ王都になど用はない、とエリザベス様は言ってらした。

つまり。

ゲーム通りにエリザベス様が殿下の婚約者を降りていた場合、マクナガン公爵家の面々は、全員そもそも王都になど居ないという事になる。

「成程……」

ルチアーナ様は、何かに納得されたように一つ頷いた。

「『ゲーム通りになった場合にこそ、差異が生じる』という訳ですね……」

「そうです」

そしてその『差異』に関して、エリザベス様は何の関与もされていない。

『王都に用がないならば王都に居る必要もない』と、マクナガン公爵ご自身が仰っているそうだし。

「他の『差異』ですと、ルチアーナ様はゲーム中での王太子殿下の愛称を覚えていらっしゃいますか？」

尋ねると、ルチアーナ様は即座に頷いた。

「『レオ様』ですよね」

「そうです」

殿下のご尊名は『レオナルド』だ。愛称が『レオ』でも不思議な事は特にない。

だがしかし。

「現実では、殿下はご家族などから『レオン』と呼ばれてらっしゃるのです」

エリザベス様も『レオン様』と呼んでらっしゃるし。

ゲーム中でヒロインが王太子殿下を愛称で呼ぶのは、ある程度親しくなった頃に殿下に「そう呼んでくれ」と言われるからだ。ヒロインはそう請われて、「分かりました、レオ様」と秒で快諾する。

いや、ちょっとは迷わない⁉　相手、雲の上も上、成層圏付近のお方よ⁉

現実のエリザベス様は、「それまで『殿下』とお呼びしてましたので、慣れるのに少々時間がかかりました」と苦笑してらしたけども。

現実の殿下の愛称である『レオン』は、エリザベス様はゲーム同様に殿下から「そう呼んでくれ」と言われたそうだが。それは何も、エリザベス様の為だけに用意された愛称などではない。

殿下のご両親である両陛下や、従兄のヘンドリック様なんかもそう呼んでいる。

つまり、ゲーム中との差異となる愛称に関しては、エリザベス様がお会いする以前からゲームと異なっているのだ。

ではゲーム中の『レオ』という愛称が、ヒロインの為だけに用意されたものなのではと思うかもしれないが、それもそうではない。

ゲーム中の愛称はやはり、ゲームの殿下自らが「親しい者からはそう呼ばれている」と言っている。そして実際、ゲームに出てくるロバート様やアルフォンス様は、殿下を『レオ様』と呼んでいる。

「ロバート様やアルフォンス様が、殿下を愛称で呼ぶ……というのも、現実の彼らを見ていると不自然極まりないんです」

ロバート様は『公爵』という位を王家より賜っている、王家の臣だ。あのスーパーエリート公爵閣下は、その態度を崩す事が一切ない。怖い。

なのでまかり間違っても、殿下を愛称で呼ぶ……などという事態は有り得ない。怖い。

そして彼が鉄壁のスーパーエリートとなる過程に、エリザベス様は関与していない。というか、出来ない。

彼をそう教育したのは、前公爵夫人であるロバート様のお母上だそうだ。エリザベス様は「何度かお顔を合わせた事はあります。会話などはした事がありません」と言っていた。

今はロバート様の弟のエドアルド様とも交流があるそうだが、エドアルド様も「兄は昔から『ああ』でして……」とスーパーエリート兄を恐れているらしい。怖い。あとエドアルド様、個人的に気が合いそうな気がする。

そしてアルフォンス様は、現在こそエリザベス様の専属護衛騎士筆頭であるが、元は殿下の専属護衛だった。

『専属護衛騎士』という人々も、騎士の中の選ばれしスーパーエリートだ。

アルフォンス様だけでなく、他の護衛の騎士様方も殿下を『護衛対象』というだけでなく、『唯一絶対の主』と定めていらっしゃる。

そんな人々が、主を軽々しく愛称で呼んだりしない。

それ以前に、彼らは就業中に自発的に無駄口を叩いたりしない。そもそも、就業中に無駄口を叩くような人では、『護衛騎士』になどなれないそうだが。

『護衛騎士』というものは、ゲームで描かれていたような『ただいつも護衛対象の傍に侍る騎士』というだけの存在ではない。「何があろうと、あらゆる危機から主を守る」という覚悟をしっかりと決め、通常の騎士以上の技量を持ったハイパーエリート騎士様だ。

そんな人が、幾ら愛するヒロインの為とはいえ、簡単に騎士を辞めたりする筈がない。

それ以前に、己の信条や立ち位置に惑うような人では、護衛騎士になどなれる筈がない。それくらいの難関職だ。

「はー……。色々と、違っている点があるのですねぇ……」

ルチアーナ様は、私の話に感心したようにため息を吐かれている。

まぁね、実は半分以上がエリザベス様が考察された事なんだけどね。

……だって仕方ないじゃん！　成り上がり伯爵家の小娘程度じゃ、日常的にお顔を合わせられるような方々じゃないいんだもん！『ゲームと現実の差異』以前に、『現実の彼ら』なんて殆ど知らないもん！

そして何よりの『ゲームと現実の差異』は、舞台となったコックフォード学園だ。

外の通りから見た門構えや、その向こうに見える風景なんかはほぼ一緒だ。だが、中身が違い過ぎた。

いやー……、キラっキラだったわぁー……。

スタインフォードが無駄な装飾とかない、いかにも「だってお前ら、勉強しに来たんじゃん？」という場所だったから、余計にそう感じるのかもしれないけど。

あれは、頭がパーンてなるわ……。ていうか、キラキラ過ぎてついて行けないわ……。

余談だが、スタインフォード校の廊下にも装飾品はある。あるのだが、三つに一つが贋作だ。正解を知りたい場合、講師のどなたかに聞けば教えてくれる。というか、「これとこれが贋作です」と申告すると、正誤だけを教えてくれる。その際、何故贋作と思ったかを問われる為、あてずっぽうは不可である。

……マジで何なの、あの学校……。いや、ちょっと面白かったけど。

コックフォードの学長がカリキュラムの説明なんかもしてくれたけど、貴族の令嬢だと授業で

『お茶会』とかあるんですってよ！　うっわ、冗談じゃないわ！

そんでマジでありましたよ、『ダンスの授業』。

えっと、『統計学』は？『法令学』は？『ストーデル語』（前世で言うならラテン語的な、学術にしか使わないみたいな謎言語ね）は？『外国語』と『第二外国語』は？

あ、スタインフォードの『一般教養』、こっちじゃ悉く『専門学科』なんですね……。そ、そうですか……。

エリザベス様は「それぞれの学校の『存在意義』からして異なってますので、まあこんなものなのでは？」と仰ってたけど……。

改めて、スタインフォードのカリキュラムが鬼だと感じると同時に、「でもコックフォードって、マジで通う意味なくない？」となったものだ。

スタインフォードの『一般教養』が向こうでは『専科』となるのだとしたら、王太子殿下やそれ以外の攻略対象の方々も、通う理由が全くない。

何故なら彼らであれば、その『専科』までをも家庭学習で修めているからだ。

実際、エリザベス様と殿下は、一般教養の講義は八割以上を学習済みだった。……高位貴族、こっわい!!

コックフォードのそのカリキュラムは、私たちが生まれる以前からずっとそうだ。そして私たちが生まれる以前から、あの校舎はあそこにある。

「もしもここが『ゲームの世界』であったなら、少なくともコックフォードの校舎はゲーム通りである筈です。あそこは改修なんかもされてませんので、私たちがこの世界に生まれる以前から、今ある通りの建物なんです」

「確かにその点は、『どう足掻いても改変しようのない箇所』ですね」

そうなのだ。そしてその、『どう足掻こうが改変できない箇所』で、ゲーム中のイベントは起こるのだ。

それ則ち、『この世界でゲーム展開は再現不可能』という事になる。

「……何だか、がっかりさせてしまうようなお話で、申し訳ありません」

わざわざ遠路遥々、聖地まで巡礼にこられたというのに……。

頭を下げた私に、ルチアーナ様はにこっと笑ってくださった。

「あら、いえいえ！　そんな、マリーさんが謝られるような事ではありませんから！」

ルチアーナ様は「うふふ」と少し楽しそうに笑われた。

「確かに、この世界が『ゲームそのもの』でない事には、少々ガッカリいたしました。ですが、そんな事以上に、マリーさんやエリザベス様という素敵なお仲間と出会えた事の方が嬉しくて大切です」

る、ルチアーナ様……♡

「マリーさんは、『夢幻のフラワーガーデン』以外には、どういったゲームをプレイされてました？」

笑顔でそう仰って下さるルチアーナ様に、私はかつてプレイしたゲームのタイトルを次々に挙げた。

それにルチアーナ様は「わたくしもそれはプレイしました！」や、「マリーさんはこれはプレイされてないんですか？」などと反応してくださる。

素敵なお仲間に出会えたの、私の方じゃないかな。

嬉しくて、楽しくて。

その日は時間いっぱいまで、ルチアーナ様と好きだったゲームやマンガや小説の話で思い切り盛り上がったのだった。

掌編　夜明け前

深夜、何となく眠れずに、そっと寝台を抜け出した。

隣で眠るエリィを起こしてしまってはいないだろうかと見てみたが、どうやらエリィは良く眠っているようだ。


簡単に服を着替え、なるべく音を立てぬように気を付けながら部屋を出た。

緊張している……という訳ではないのだが、何だか目が冴えてしまっている。いや、緊張しているのだろうか。……自分でもよく分からない。

何だかよく分からない落ち着かない気持ちのまま、深夜の静まり返った城の中を歩く。昼間は侍従や侍女たちが忙しそうに歩いているが、こんな時間ではそれもない。時折、巡回の騎士とすれ違うくらいのものだ。


静かな城内を歩き、一つの大きな扉の前まで来た。

ここは、謁見の間だ。

こんな時間というのに、扉は開け放たれている。扉の前には、ここを警備している騎士と、護衛騎士が一人居る。

あの護衛騎士は、父の専属の者だ。という事は、父が中に居るのか。

父上は恐らく、明日という日を前に、色々と思う事がおありだろう。

そう、『明日』。

いや、私が寝台を抜け出した時点で、既に日付が変わっていた筈だから、『今日』か。

この広間で私とエリィは、両親から王位を譲り受ける事となる。

開け放たれた扉の前まで行き、そこから中を窺い見ると、広い謁見の間のほぼ中央付近に父が一人立ち尽くしていた。

夜明け前の暗い広間の真ん中に、ただぽつんと。手元に灯りなども持っておらず、本当に薄暗い。外は雨が降っており、月明かりなどもない。

けれどこの薄暗さが。蕭々と降る雨音が。あの場に立ち尽くす父の姿に似合っており、声をかけて良いものか躊躇ってしまう。

ただ一人静かに物思いに耽りたい事もあろう。そう考え、私はその場を去ろうとした。

「レオンか？　……珍しいな、お前も眠れないか？」

去ろうとした一瞬先に父に気付かれ、そう声をかけられた。

「……『も』という事は、父上も眠れませんか？」

「はは。そうだな。うとうととしては、目を覚まして……の繰り返しだな。隣でごそごそ動いていては、アシュリーも落ち着かないかと思って、散歩をしていたのだよ」

アシュリーとは、母の名だ。母はもう大分以前から、眠りが浅くてご苦労されていると聞いている。

父と母も、政略に基づく婚姻であった。父が母を選んだ大きな理由が『実家が国政に口を出してこず、立場的にも中立である』事だったそうだ。その家の娘であったのだから、母本人も「自分が国政に関わる立場になるなどとは、それまで考えた事もなかった」と苦笑していた。

けれど父と並び立つ為に、互いに互いを支えと出来るようにと、母は並々ならぬ努力をして今の『国で最も高貴な女性であり、威厳ある王妃』という存在となったのだ。

ただやはり、元々の気質は変えられない。父曰く『大らかで優しく、せっかちだがほんの少し臆病』な母は、『本来の自分』と『王妃という立場』の間で、相当な心労を溜め込んでいたらしい。

それが顕在化したのが、私とエリィの間に第一子である『王子』が誕生したすぐ後だった。

恐らく、無事に後継者が出来た事で安心されたのだろう。私たちの長男セドリックが健やかに成長すると共に、母が体調を崩し寝込むことが増えた。

我が国では、『王太子の長子』が七歳となると、王の譲位が行われる事になっている。つまり、セドリックが誕生した時点で、その後何事も無ければ七年後には現王は退位となるのだ。

「先が見えた事で、気が緩んで疲れが出たのだろうね」と父は笑っていた。母本人も「最後の一仕事ですもの。あなたたちにきちんと椅子を譲り終えるまでは、『威厳ある王妃』で居るわ」と穏やかに笑ってらした。

謁見の間へと足を踏み入れ、足元の絨毯を踏みしめながら歩く。

大扉から真っ直ぐに、玉座へと続いている深紅の絨毯。明日はここを、エリィと二人で並んで歩くのだ。

「明日は、晴れるといいね」

高い場所にある窓を見上げつつ、父上がぽつっと独り言のように言う。

「まあ雨であったとしても、式典等は全て屋内ですから、さして問題もないかと思いますが」

明日の予定は、まず王都の中心部にある大聖堂にて、私とエリィが大司教から祝福を受ける。それから場所を城に移し、両親から王位を譲り受ける式典となる。その後は招いた国賓に挨拶をし、城のバルコニーで民衆にお披露目をし、宴会……と、深夜まで予定が目白押しだ。

だがどれも、荒天であったからと、大した問題ではない。……まあ、城まで私たちを見に来てくれる民衆たちは、雨天だと大変かもしれないが。

けれど私の言葉に、父は苦笑すると軽く首を左右に振った。

「いや、そういう意味ではないんだ。そうではなく、『天候が荒れる』などという人智の及ばぬ現象を、『次代の王となる者の資質』に掛け合わせようとするような連中も居る、という心配だよ」

「ああ……」

確かに、そういう人種は一定数居る。今では大分少なくなっているようだが、かつて祭政一致であった頃には、真実そう思われていたようだ。『天候が悪いので行事を見送る』事は現代でも珍しくないが、それは『物理的に都合が悪い』からだ。雨の日にガーデンパーティーなど、そういう場合だ。けれどかつては、『天気が悪いという事は、神がお怒りになられているのだ』とされていた。

個人的に言わせてもらえば、非常にばかばかしいと思っている。けれどそれは『極めて現代的な考え方』に基づいた『個人の感想』でしかない。

私同様に『個人の感想』として、『悪天候は凶兆』と考える者が居ても仕方ない。

「父上が即位された時は、どうだったのです?」

尋ねると、父は少し楽し気に笑った。

「薄曇りだったな」

それはまた……、何とも言えない……。

「雨が降る程に雲が厚い訳でもなく、かといって日差しが注ぐ程に薄くもない。そんな、どうとも言えない天候だった」

「……晴れていたら吉兆で、荒天であれば凶兆ならば、曇りはどうなのでしょうね」

そういう連中に尋ねてみたいものだ。

「曇りの日を『良い天気だね』と言う者は、少ないのではないかな。だからそういう、天候で吉凶を占いたい人らにとっては、『どちらかと言えば凶兆』なのでは」

父は笑いながら言うが。新たな門出の日を『凶兆』などと言われたら、面白くなかろうに。

そんな風に思っていたら、やはり父が笑いながら続けた。

「何だかすっきりしない天気の日で、私自身も『私の心境を表しているような天気だな』などと考えていた。けれどそう愚痴を言ったらば、後日、言われたんだ。『その曇り空をこれから、晴らすも降らすも君次第、という事だろう?』とね」

父は楽し気に笑うと続けた。

「その翌日はとても清々しい晴天でね。『当日雲が出ていたから何だと言うんだ。翌日にはそんな雲、空の何処にも浮かんでいないじゃないか。全て、流れていくのさ。悪い事も、良い事も』と。……そう言われ、何だか気が楽になった」

全て、流れていく。それは全くその通りだ。

「『流れていく中で、大切なものを見極め、それだけを心に留め置けばいいじゃないか』と。全くもってその通りだなあと思ったのと同時に、その日が曇天だった事もしっかりと私の心に留め置かれてしまった。まあそれも、今となっては良い思い出だ」

そう言って笑う父の表情はすっきりとしていて、自虐している風でもない。父の中では恐らく、その言葉と共に、戴冠の日の曇天すらもが得難いものとなっているのだろう。

そしてそう思えるのは、父がこれまで『王』として過ごした日々に曇りがないからだ。やれるだけの事はやった、と、父自身が自負しているからだ。

「……明日がどのような天候であろうと、私もそれをいずれ『良い思い出』と笑えるよう、日々を過ごしていかねばなりませんね」

今、目の前で穏やかに笑う父のように。

「こちらにいらしたのですね」

突然、入り口の方から聞こえた声に、私と父は揃ってそちらを見た。そこには、肩からショールを羽織ったエリィが居た。

「ふと目を覚ましたらレオン様がいらっしゃらなかったので、どうしたかと思ったのですが……。

お邪魔でしたでしょうか？」

　私と父を交互に見て苦笑するエリィに、父が軽く笑った。

「いや、そんな事はないよ。……君も、眠れないのかな？」

「いいえ。物凄くすやすやと眠っておりました」

……うん。確かにその通りだったけれど、いい笑顔できっぱりと言い切るものでもないかな……。

ほら、父上が返答に困っておられるじゃないか……。

「何だか少し喉が渇いたような気がして目を開けましたら、隣に誰も居りませんでしたので。レオン様はどうされたのかな？　と」

「そ、そうか……」

　少々困惑している父上とは逆に、エリィはとても良い笑顔だ。けれどこのマイペースさこそが、エリィの良いところでもあるしな……。

まだ少々の困惑があるような笑顔で、父上がエリィを見た。

「君は、明日に向けて緊張なんかはないのかな？」

「ございません」

　エリィはやはりきっぱりと、とても良い笑顔で言い切った。

「『遠い未来』を見てしまうと、多少の不安などはありますが……。それでも、いつも私の隣には、レオン様が居てくださるのですから。一人が不安な道行(みちゆき)であっても、二人でならばきっと何とかなるのでは……と考えております」

迷いのない、淀みのない口調で。

本当に、君はいつも、私を嬉しい気持ちにさせてくれる。

「そうお約束しましたよね？　レオン様」

私を見て、軽く首を傾げるようにして微笑むエリィに、私は「そうだね」と頷いた。

エリィを正式な婚約者と定めた幼い日に。そして、婚姻を結び夫婦となる直前に。『共に道を拓き、共に歩もう』と約束をした。

まだその途中ではあるけれど、振り返ってみると、これまで共に歩んできた一本の道が確かにある。

その先も、これからも共に。

「楽な道行ではないだろうけれど、君なら大丈夫だろう」

言った直後、「しまった、間違えた」と思った。すると案の定、エリィが笑いながら言った。

「『私なら』ではありません。『私たちなら』大丈夫、です」

「うん。君の言う通りだ」

即座に間違いを訂正されるのが嬉しいというのも、珍しい事だけれど。一瞬の間を置く事すらなく言い直してくれる君が、とても嬉しくて、とても愛しい。

「確かに、君たちなら大丈夫なのだろうね」

私たちのやり取りを見ていた父が、笑いながら言う。それに何だか少し気恥ずかしくなってしまい、私は思わず少しだけ視線を逸らしてしまった。が、すぐに父に気付かれた。

「おや、珍しい。照れているのかい？　レオン」

「……父上が意地のお悪い事を言われるのも、珍しいですね」

「ははは。そうかな」

そんな私たちを、エリィがやけにぬるい目で見守っている。……久しぶりに見たな、その『孫を見る祖母』のような笑顔……。すごくやめて欲しいのだが、何と言えばいいかな……。

何と言おうか……と考えていると、エリィが小さく笑う声が聞こえた。見るとエリィは、少しだけ楽しそうな笑みを浮かべていた。

「先程、『私たちなら大丈夫』と言いましたけれど、その『私たち』というのは、何も私とレオン様だけの事ではありません。楽な道ではないだろうと知りながら、共に行こうと仰って下さる方々は沢山居ります」

「うん」

それもその通りだ。

私が側近として選んだ三人は言うに及ばず、リナリアや学院での同期生であったマリーベル・フローライト伯爵、エミリア・キャリー女史など。数え上げたらきりがない。

……フローライト伯はエリィに向かってとても軽く「何かあったら言ってくださいね～！」などと言っているが。エリィに何事かが起こったら、一体彼女は何をしてくれるつもりなのだろうか……。

「沢山の方々が、レオン様のお力になりたいと、それぞれの道を邁進しておいでです。そして僭越ではありますが……」

エリィは一旦軽く言葉を切ると、ぐっと拳を握った。

「我が生家マクナガン公爵家も、いつでもレオン様のお力になりたいと考えております。何かお困り事がございましたら、いつでもお申し付けください」

「あ……りがとう……」

怖い。

私に何事かあったなら、一体何をどうしてくれるつもりなのだ……。というか恐らく、あの家にかかれば出来ない事など殆ど無いに等しいだろう。怖い。逆に頼りたくない……。

父は「これは頼もしいな！」などと笑っているが、他人事だと思って楽しんでらっしゃいますね？

マクナガン公爵家は、もしも「国を一つ落としてこい」などと言ったら、本当にやってきそうで怖いのだ。軍事大国などは流石に無理だろうが、そうでない国なら普通に取れそうな気がしてしまう。そんな家に、迂闊に頼み事など出来ない。

つくづく、すごい家の娘を妻に迎えたものだと思ってしまう。

「さて、そろそろ部屋へ戻ろうか」

父の言葉に、知らず軽く俯けていた顔を上げた。エリィも父の言葉に頷いている。

「そうですね。明日に備えて、寝る事にいたしましょう。ね？　レオン様」

「……そうだね。明日の式典の最中、君が居眠りをしてしまったら洒落にならないしね」

私の冗談に、父は「流石にそれはないだろう」などと笑っているが、エリィはきりっとした顔で再度拳を握った。

「大丈夫です。そういう時は、頬の内側を強く噛むことで、眠気を払うのです」

……いや、何も大丈夫じゃないかな……。頼むから、明日の式典の最中に寝ないでくれよ……。

それから私たちは、それぞれの部屋へ戻ろうと歩き出したのだが、私の隣を歩いていたエリィがかくんと何かに躓(つまず)いてこけた。

「エリィ……、大丈夫かい？」

「大丈夫です……。いえ、違うのです！」

何も言っていないけれど……。

「絨毯と、今履いている靴との相性が、少々悪いのです！　あと多分、あの辺に何かしら引っかかりがあったのです！」

……うん。何もないけれどね。というか『多分』って何かな？

「明日の靴はきっと、この絨毯との相性も悪くない筈です！　そして私は本番に強いタイプです！」

それは頼もしいけれど……。

私はエリィがぎゅっと握っている拳を取ると、そっと手を繋いだ。

「明日はこうして、私が手を引こう。そうすれば、君が転びそうになっても引き上げる事が出来る」

「……転びませんが。何故なら、本番に強いタイプですので」

まだ言うか。いや実際、エリィは本番に滅法強いタイプではあるけれど。でも、そうではなくて――。

「ただ私が、君と手を繋ぎたいだけだよ。……それでは駄目だろうか」

今までもこうして、互いに手を取り合い歩んできたのだ。だから明日も、その先も、こうして君と一緒に歩いて行きたい。

「そういう事でしたら、喜んで」

ふふ、と、嬉しそうに微笑むエリィに、私も嬉しくなって微笑み返した。

その私たちを、今度は父が『感無量』といった風情の笑顔で見守っているのだった。


翌日の戴冠式の朝。

母がエリィを見るなり「貴女が式典で転んでしまう夢を見たの！ 十二分に、足元には気を付けるのよ‼」と緊迫した表情で言うものだから、私と父は揃って笑ってしまった。

エリィだけが「解せぬ」とでも言いたげな、複雑そうな顔をしているのだった。

余談であるが、後に父に『曇り空を晴らすも降らすも君次第』と助言をくれたのは誰なのか、と尋ねてみた。

それに父は楽し気に笑いながら「エルード・マクナガン公爵だよ」と教えてくれた。

それを聞き、マクナガン公爵家はもう充分に『国の為』となっているのだから、『これ以上』の助力は必要ないな……と思うのだった。

……決して、かの家が恐ろしいからそう言っているのではない、とだけは付け加えておく。

アリアンローズ 既刊好評発売中!!

最新刊行作品

公爵令嬢は我が道を場当たり的に行く ①～③
著／ぽよ子　イラスト／にもし

狐仙さまにはお見通し ①～②
－かりそめ後宮異聞譚－
著／遊森謡子　イラスト／しがらき旭

味噌汁令嬢と腹ぺこ貴族のおいしい日々 ①～②
著／一ノ谷 鈴　イラスト／nima

忙しすぎる文官令嬢ですが無能殿下に気に入られて仕事だけが増えてます ①～②
著／ミダ ワタル　イラスト／天領寺セナ

好感度カンスト王子と転生令嬢による乙ゲースピンオフ ①～②
著／ぽよ子　イラスト／あかつき聖

死に戻り令嬢は憧れの悪女を目指す ①
～暗殺者とはじめる復讐計画～
著／まえばる蒔乃　イラスト／天領寺セナ

竜使の花嫁
～新緑の乙女は聖竜の守護者に愛される～
著／カヤ　イラスト／まろ

傲慢令嬢と腹黒貴公子の、打算から始まる騙し騙され恋模様 ①
著／ほねのあるくらげ　イラスト／八美☆わん

サイコな黒幕の義姉ちゃん ①
著／59　イラスト／カズアキ

コミカライズ作品

ロイヤルウェディングはお断り！
著／徒然花　イラスト／RAHWIA

悪役令嬢後宮物語 全8巻
著／涼風　イラスト／鈴ノ助

誰かこの状況を説明してください！ ①～⑨
著／徒然花　イラスト／萩原 凛

魔導師は平凡を望む ①～㉜
著／広瀬 煉　イラスト／⑪

転生王女は今日も旗を叩き折る ①～⑨
著／ビス　イラスト／雪子

侯爵令嬢は手駒を演じる 全4巻
著／橘 千秋　イラスト／蒼崎 律

復讐を誓った白猫は竜王の膝の上で惰眠をむさぼる ①～⑦
著／クレハ　イラスト／ヤミーゴ

婚約破棄の次は偽装婚約。さて、その次は……。全3巻
著／瑞本千紗　イラスト／阿久田ミチ

聖女になるので二度目の人生は勝手にさせてもらいます ①～③
～王太子は、前世で私を振った恋人でした～
著／新山サホ　イラスト／羽公

転生しまして、現在は侍女でございます。①～⑪
著／玉響なつめ　イラスト／仁藤あかね

魔法世界の受付嬢になりたいです ①～④
著／まこ　イラスト／まろ

どうも、悪役にされた令嬢ですけれど 全2巻
著／佐槻奏多　イラスト／八美☆わん

[illegible]
シナリオ通りにはいかせません！ 全2巻
著／柏てん　イラスト／朝日川日和

騎士団の金庫番 全3巻
～元経理OLの私、騎士団のお財布を握ることになりました～
著／飛野 猶　イラスト／風ことら

王子様なんて、こっちから願い下げですわ！ 全2巻
～追放された元悪役令嬢、魔法の力で見返します～
著／柏てん　イラスト／御子柴リョウ

婚約破棄をした令嬢は我慢を止めました ①～③
著／棗　イラスト／萩原 凛

裏切られた黒猫は幸せな魔法具ライフを目指したい ①～②
著／クレハ　イラスト／ヤミーゴ

明日、結婚式なんですけど!? 全2巻
～婚約者に浮気されたので過去に戻って人生やりなおします～
著／星見うさぎ　イラスト／三湊かおり

聖女に嘘は通じない
著／日向夏　イラスト／しんいし智歩

X
「アリアンローズ／アリアンローズコミックス」
@info_arianrose

TikTok
「異世界ファンタジー【AR/ARC/FWC/FWCA】」
@ararcfwcfwca_official

その他のアリアンローズ作品は https://arianrose.jp/

公爵令嬢は我が道を場当たり的に行く　3

＊本作は「小説家になろう」（https://syosetu.com/）に掲載されていた作品を、大幅に加筆修正したものとなります。
＊この作品はフィクションです。実在の人物・団体・事件・地名・名称等とは一切関係ありません。

2024年5月20日　第一刷発行

著者 ……………………………………………… ぽよ子

イラスト ……………………………………………… にもし
発行者 ……………………………………………… 辻 政英
発行所 ………………………… 株式会社フロンティアワークス
〒170-0013　東京都豊島区東池袋 3-22-17
東池袋セントラルプレイス 5F
営業　TEL 03-5957-1030　FAX 03-5957-1533
アリアンローズ公式サイト　https://arianrose.jp/
フォーマットデザイン …………………………… ウエダデザイン室
装丁デザイン …………………………………… 株式会社 TRAP
印刷所 ……………………………………… シナノ書籍印刷株式会社

次元コードまたはURLより本書に関するアンケートにご協力ください

ttps://arianrose.jp/questionnaire/

PC・スマートフォンに対応しております（一部対応していない機種もございます）。
サイトにアクセスする際にかかる通信費はご負担ください。